SABINE KUNZ
Die Saubermacherin

wischen
impossible

EINE UNSAUBERE VERSCHWÖRUNG Der Theaterregisseur Oscar Bydlinsky erleidet einen Nervenzusammenbruch, weil sein Skript auf seltsame Weise manipuliert wurde. Ioana, Putzfrau mit geheimer Agenda, wird von ihrer Agentur beauftragt, den scheinbar »durchgeknallten« Regisseur zu durchleuchten. Doch anstatt der erhofft einfachen Lösung des Falls wird er immer skurriler und scheint auf mysteriöse Weise mit den Machenschaften der »The Executive Agency«, einer Organisation von Wirtschaftsbossen, verstrickt zu sein. Doch damit nicht genug: Ein geheimnisvoller Fremder taucht auf, der Ioanas Vater zu kennen scheint. Dieser war kurz vor Ioanas Flucht aus ihrer Heimat verschollen, was sie nie ganz verwunden hat. Und auch bei der Arbeit passieren weitere seltsame, beunruhigende Dinge. Die Chefin der Agentur wird durch die interne Revision suspendiert. Ihre Position übernimmt Ramesh, ein Kollege der Londoner Zentrale, der Ioana nicht nur aus beruflichen Gründen nervös macht.

Sabine Kunz lebt südlich von Wien mit ihrem Mann, einer Katze und vier Hühnern. Im Jahr 2007 hat sie ein Kabarett-Duo mitbegründet, mit dem sie einige Jahre durch ganz Österreich getourt ist und sechs Programme verfasst hat. Außerdem ist sie Co-Autorin des Drehbuchs für den Film »Das kleine Vergnügen«, der 2017 in die Kinos kam und internationale Auszeichnungen erhielt. »Die Saubermacherin – wischen impossible« ist ihr zweites Buch und folgt auf »Die Saubermacherin«, das 2021 für den Leo-Perutz-Preis nominiert wurde.

SABINE KUNZ

Die Saubermacherin

wischen impossible

GMEINER

Wien-Krimi

Immer informiert

Spannung pur – mit unserem Newsletter informieren wir Sie
regelmäßig über Wissenswertes aus unserer Bücherwelt.

Gefällt mir!

Facebook: @Gmeiner.Verlag
Instagram: @gmeinerverlag
Twitter: @GmeinerVerlag

Besuchen Sie uns im Internet:
www.gmeiner-verlag.de

© 2023 – Gmeiner-Verlag GmbH
Im Ehnried 5, 88605 Meßkirch
Telefon 0 75 75 / 20 95 - 0
info@gmeiner-verlag.de
Alle Rechte vorbehalten
1. Auflage 2023

Lektorat: Susanne Tachlinski
Herstellung: Mirjam Hecht
Umschlaggestaltung: U.O.R.G. Lutz Eberle, Stuttgart
unter Verwendung eines Fotos von: © Pixel-Shot / shutterstock.com
Druck: GGP Media GmbH, Pößneck
Printed in Germany
ISBN 978-3-8392-0346-0

INHALT

1. ABSTELLGLEIS

Man munkelt, dass die Queen's Guard, die Wachen mit den Bärenfellmützen vor dem Buckingham Palace, im Stehen schlafen können. Ich kann das auch. Während ich Bücher abstaube. Eine äußerst nützliche Fähigkeit, die ich während der letzten Monate bei meinem Arbeitseinsatz in der Wiener Nationalbibliothek gelernt habe.

»Psst, Jo! Glaubst du, isse gestorben Mann?«, meine Kollegin Chica putzt mit ihrem Lappen rund um das Lesepult, auf dem ein einsamer Leser mit der Nase am Buch eingeschlafen ist.

»Vielleicht Buch iste tooodlangweilig und er sterben.« Wir beobachten eine Weile, wie die Buchseite, auf der seine markante Nase liegt, rhythmisch flattert.

Für die quirlige kleine Brasilianerin ist die Grabesstille hier unerträglich. »Rumänische Theater Literatur«, liest sie langsam den Titel eines Bandes, der neben dem Schläfer auf dem Lesepult liegt. »Gugst du, Jo, das isse Landemann von dir.«

Dann blickt sie verzweifelt auf die Bücherwand, die wir heute noch durcharbeiten sollten, und verlautbart: »Ich gehen Klo.« Ein Codewort dafür, dass sie eine rauchen geht. Chica ist Kettenraucherin, seit ihr Mann Fritz sie wegen einer Jüngeren verlassen hat. Eigentlich ist sie keine richtige Raucherin. Sie zündet sich eine Zigarette an und beginnt dann mit einer Schimpftirade, während die Zigarette langsam zu einem grauen Stiel aus Asche wird. Zum Schluss saugt sie nochmals kräftig daran und zermalmt die kläglichen Reste in einem Aschenbecher, als wären sie der Kopf ihres Exmannes.

Ich wünschte, ich hätte ihr enzyklopädisches Repertoire an Schimpfwörtern. Das stelle ich mir befreiend vor. Leider gestaltet sich mein Inneres seit dem letzten Jahr eher wie diese Bücherwand vor mir, die jedes Geräusch schluckt und in ihrer Stille begräbt. Bedrückend und leblos.

Ich betrachte den Schläfer auf dem Pult. Er sieht aus, wie man sich einen Geschichtsprofessor vorstellt. Grauer Anzug, randlose Brille, verzweifelte Frisur. Seine Hände passen nicht ganz zu dem Bild, sie wirken groß und kräftig. Ich frage mich, ob ich mit meiner Einschätzung richtigliege. In unserem Beruf ist es wichtig, Menschen gut einschätzen zu können, und manchmal machen wir mit meinen Kolleginnen ein Spiel daraus. Für Männer-Klientel haben wir die Kategorien »Eichhörnchen«, »Schwein«, »Rammler« und »Angsthase«. Der Angsthase flüchtet, sobald eine Putzfrau in seine Nähe kommt, und ist deshalb als Arbeitgeber sehr angenehm. Ich greife nach einem Buch auf dem Pult des Schläfers, um meine Einschätzung zu bestätigen, und blättere mit meinen angegrauten Baumwollhandschuhen, die mir Frau Schubert heute Morgen noch blütenweiß ausgehändigt hat, darin.

Das Wort hindert das Schweigen daran, zu sprechen. Das Wort betäubt. Statt Tat zu sein, tröstet es uns, so gut es kann, über unser Nichtstun hinweg. [*]

---

[*] Eugène Ionesco, Journal en miettes, Orne, Mercure de France, 1967, p. 121

Oh, das Zitat klingt vertraut. Ich weiß nicht, ob ich den Sinn wirklich verstehe, aber gefühlsmäßig ist es für mich gerade umgekehrt. Das Schweigen der monotonen Tage in diesen oft menschenleeren Sälen verhindert langsam, dass sich noch Worte in meinem Kopf bilden. Als unsere Agenturchefin Evelyn uns vor einem Monat zum Bücherabstauben in die Österreichische Nationalbibliothek abkommandiert hat, war ich anfangs dankbar.

Nach meinem Arbeitsunfall letztes Jahr, der mich fast das Leben gekostet hätte, war ich erleichtert, eine ruhige Kugel schieben zu können. Aber die Umgebung und Grabesstille hier verstärken das Gefühl der Erstarrung und Leblosigkeit in mir, das mich seit meinem Koma gefangen hält. Dagegen kommt nicht mal Chicas Sprechdurchfall an.

Ich streiche mit der behandschuhten Hand über die Seiten des Buches. Der Autor des Zitats ist Eugene Ionescu. Das Bild meines Vaters erscheint vor meinem inneren Auge, wie er vor unserem Haus auf einem wackeligen Stuhl sitzt. Seine blau-grauen, oft melancholischen Augen auf ein abgewetztes Buch gerichtet, das er auf seinen Knien balanciert. Manchmal las er mir aus den Büchern etwas vor, oft von seinem Lieblingsautor Ionescu. Alles, was aus Papas Mund kam, klang für mich wie ein Geheimnis. Einmal flüsterte ich eines meiner Geheimnisse in seinen Mund hinein, was ihn zum Lachen brachte. Ich wusste noch nicht, dass das Ohr der Eingang für den Klang war. Ein anderes Mal legte ich ihm meine Finger auf seine breiten Lippen und er ließ während des Sprechens seinen Mund langsam über meinen Fingern zusammenklappen. So konnte ich seine Worte auch fühlen. Ich war zufrieden mit mir, denn mein Vater sagte immer: »Jojo, Worte muss man fühlen.«

Nein, ich kann Ionescu nicht zustimmen. Worte sind etwas Wunderbares. Speziell, wenn sie aus dem Mund meines Vaters kamen, weitaus besser als das düstere Schweigen, das sich nach seinem Verschwinden in unserem Haus breitmachte.

Der schlafende Professor regt sich und ich lege die Abhandlung eines österreichischen Theaterwissenschaftlers über rumänische Theaterliteratur zurück auf sein Pult.

Als ich zu meinem Bücherregal zurückgehe, spüre ich hinter mir einen Luftzug und höre eine Tür knallen. Und plötzlich beginnt »es« wieder. In meinen Ohren breitet sich ein schabendes Geräusch aus. Alle Energie scheint aus meinem Körper in den Boden zu rinnen, kalter Schweiß sickert meinen Rücken hinunter und mein Gesichtsfeld wird immer kleiner. Das Buch, das ich gerade zum Abstauben in die Hand genommen habe, fällt mit einem lauten Knall auf den Boden und ich suche mit meinen Händen nach Halt. Aber ich kann ihn nirgends finden. Dann schließt sich das Dunkel vor meinen Augen und ich bin weg.

»Frau Dschoana, was machen Sie da?« Ich reiße die Augen auf und starre auf ein Paar beige Gesundheitsschuhe. Sie gehören der militanten Bibliothekarin, Frau Schubert. Sie ist heute in eine Symphonie von Beige gekleidet. Neben ihr steht Chica und schaut erschrocken. Sie ist scheinbar gerade erst zurückgekommen. Aus dem Augenwinkel sehe ich, wie der mittlerweile erwachte Professor sich zusammenpackt. Vielleicht hat ihn mein auf den Boden aufprallender Körper in seiner Ruhe gestört.

Mein Kopf schmerzt fürchterlich und ich schmecke Blut auf meinen Lippen. Ich habe es wohl nicht rechtzeitig geschafft, mich abzustützen.

»Frau Dscho-a-na!«, die Gesundheitsschuhe stupsen meinen Arm, als wäre er ein ekeliges Insekt.

»I-o-ana«, knurre ich und unterdrücke den Impuls, sie mit einem Judo-Manöver aus ihren orthopädischen Latschen zu kippen. »Suchen Seite, was fliegen von Buch«, improvisiere ich.

»Eine Buchseite ist aus einem Buch herausgeflogen?«, fragt sie schrill, dann sieht sie sich um, entsetzt über ihre eigene Lautstärke, und flüstert den gleichen Satz noch einmal.

Ihre mausgraue Dauerwelle wippt aufgeregt. »Welches Buch, welche Seite? Das müssen wir der Restauratorin Frau Gruber melden.« Sie wirkt ehrlich gestresst.

»Frau Schubert, haben gehört, dass Schaden mit Wasser in Handschriften-Sammlung?«, kommt mir Chica zur Hilfe.

»Waaaas? Das ist ja eine Katastrophe«, schreit Frau Schubert flüsternd und eilt aus dem Saal. Ihre beigen Gesundheitsschuhe klappern fast ein wenig aufdringlich.

»Alles in Ordnung mit dir?«, fragt mich Chica. Wir sind allein und es gibt keinen Grund mehr, sich in Putzfrauen-Radebrech zu unterhalten, eine Sprechweise, die wir nutzen, um uns neugierige Kundinnen vom Hals zu halten.

»Jaja, geht schon wieder, mir war nur schwindlig.« Ich hieve mich mit einem Ruck in die Höhe, was das Hämmern in meinem Kopf verstärkt. »Ich geh kurz aufs Klo«, sage ich und verlasse den Raum, ohne auf Chicas Antwort zu warten.

Der neonbeleuchtete Spiegel im Waschraum präsentiert gnadenlos mein ramponiertes Gesicht. Die Wange ist leicht angeschwollen, die Lippe aufgebissen, die Gesichtsfarbe grünlich, Ton in Ton mit der Reinigungsuniform. Eine neue Interpretation von monochrom, denke ich matt. Meine blonden Haare, privat das Einzige an mir, auf das ich richtig stolz bin, sind, durch mehrere Haargummis verstümmelt, kaum mehr als Frisur zu bezeichnen.

Ich wasche mir mit den Händen das Gesicht. »Wer bist du?«, frage ich mein Spiegelbild und komme mir vor wie Jason Bourne. Doch statt der fetzigen Filmtitelmusik höre ich aus der Toilettenkabine hinter mir die Signation einer Nachrichtensendung und danach die Stimme eines Nachrichtensprechers. »Der Shootingstar der österreichischen Regieszene Oscar Bydlinsky hatte einen Zusammenbruch und wurde heute Nachmittag in das Wiener AKH eingeliefert.« Der Rest des Nachrichtenblogs geht im Lärm der gurgelnden Klospülung unter. Die Kabinentür öffnet sich und die Bibliothekar-Praktikantin sieht mich schuldbewusst an. Offenbar habe ich sie bei einer illegalen Klopause erwischt. Sie flüchtet aus der Toilette und ich bin endlich allein. Erleichtert lasse ich mich auf einen geschlossenen Klodeckel fallen. Es tröstet mich irgendwie, dass auch ein berühmter Regisseur mal umkippt. Ich bin also mit meinen Blackouts in guter Gesellschaft.

2. EXMÄNNER

Ich trotte neben Chica über den Heldenplatz in Richtung Straßenbahn und überschlage im Kopf, wie oft ich im letzten halben Jahr umgekippt bin. Fünfmal? Siebenmal? In jedem Fall zu oft, denn langsam habe ich Angst, dass die vielen Gehirnerschütterungen mir den Verstand rauben. Chica trägt ihre obligatorische Zigarette vor sich her und ergeht sich in Schimpftiraden über ihren Exmann. Kurz vor der Straßenbahn stoppt sie und schüttelt mich durch. »Du biste doch nicht schwanger, Mädel, oder? Du haste dir von diesem Arscheloch keine Kind machen lassen, oder?« Wenn sie sich aufregt, verfällt sie manchmal in ihren alten Slang. Jetzt lässt sie eine Reihe von brasilianischen Schimpfwörtern in den abendlichen Wiener Himmel steigen und fährt einen Passanten an, der interessiert schaut.

Chica lebt emotional sehr mit den Menschen mit, die sie mag. Sie weiß von meinem Exfreund-Desaster und hasst Nico fast so inbrünstig wie ihren eigenen Exmann. Manchmal hab ich das Gefühl, dass sie ihn mehr hasst als ich. Mitunter ist das anstrengend, weil ich dann das Gefühl habe, sie beruhigen zu müssen, obwohl es eigentlich um mein Gefühlsleben geht.

»Was? Nein, nein, das müsste ja dann wohl schon da sein«, antworte ich verwirrt und zähle selber nach. Mein letzter Kontakt mit Nico ist über neun Monate her.

»Stimmt«, nickt Chica und streicht sicherheitshalber noch über meinen Bauch. Dann schwenkt sie wieder zu ihrem eigenen Hassobjekt. »Franz hat denen falsche Dokumente gegeben, weißt du? Erst hat er mich importiert und jetzt will er mich wieder exportieren. O Porco. Die wollen mir die Staatsbürgerschaft aberkennen. Dabei kenne ich die Namen aller Bezirke, Währing, Döbling, Brigittenau, Mariahilf, Neubau, Leopoldstadt, Landstraße ...«

Während Chica die Wiener Bezirksnamen runterrattert, verliere ich mich in dem Gedanken, heute noch meine Freundin Millie zu treffen, um mich mit ihr über meine Blackouts zu beraten. Eine Audienz bei Millie zu ergattern, ist im Moment fast so schwer, wie Chica zum Schweigen zu bringen, wenn sie sich in Fahrt geredet hat. Millie ist nämlich im Moment intensiv damit beschäftigt, verliebt zu sein. Aber ich weiß, dass sie heute Abend bei den DC Towers Einsatztraining hat, also werde ich sie dort abfangen.

Mittlerweile hat Chica begonnen, neben mir lauthals die Bundeshymne zu schmettern, um zu demonstrieren, dass sie eine bessere Österreicherin ist als alle Eingeborenen zusammen. Chica spricht gerne von Eingeborenen, wenn sie gebürtige Österreicherinnen meint.

Sie wirft den Zigarettenstummel auf den Boden, spuckt drauf und dreht ihn mit aller Macht in den Boden. Als sie aufblickt, sehe ich Müdigkeit und Trauer.

»Es tut mir leid, Chica. Sprich mit Evelyn, die kann dir sicher helfen bei der Sache. Sie kennt Gott und die Welt.« Ich umarme sie und bin nicht so überzeugt, wie ich gerne klingen möchte. Leider kommt es in unserer

Agentur gar nicht selten vor, dass jemand, der sich hier schon ein neues Leben aufgebaut hat, wieder zurück in die alte Heimat muss.

3. ALLES FASSADE

Nahkampftrainer Rudi und ich verrenken unsere Hälse, um Millie und vier Rekrutinnen bei ihrem Fassadenputztraining zu beobachten. Die fünf schaukeln in circa 50 Metern Höhe vor der Glasfassade des DC Towers auf der Donauplatte. Also die vier Schülerinnen von Millie hängen in ihrem Klettergeschirr auf 50 Meter Höhe, Millie steht völlig verkrampft auf einem Sims ungefähr zehn Meter über dem Boden, mit geschlossenen Augen.

»Rechter Fuß, linker Fuß«, höre ich sie konzentriert durch die Kopfhörer flüstern, die mir Rudi gegeben hat, um bei der Übung mitzuhören. Millie leidet unter Höhenangst. Das wissen alle in der Firma. Aber sie ist mit Hingabe Ausbilderin und zu stolz, um zu kneifen. Sie bewegt sich im Schneckentempo von links nach rechts, ihre Schultern sind vor lauter Anspannung zu den Ohren hochgezogen, die Augen fest zugekniffen, da landet auch noch ein Schwall Wasser auf ihrem Kopf.

Mit einem verzweifelten Schrei rutscht sie von dem Sims und fällt ins Seil. »AAAAAAAAARGGGHHHHH!«

»Himmelherrgott noch einmal, Millie«, höre ich Rudi neben mir. »Wenn du so schreist, lass ich noch einmal vor Schreck die Sicherungsleine aus.« Rudi lässt Millie sanft nach unten auf den Boden schweben, doch anstatt auf ihren Beinen zu landen, sinkt sie butterweich weiter, bis sie mit ihrem Hintern auf dem Asphalt sitzt. Sie ist blass, fast grünlich im Gesicht.

»Ich glaube, der Gurt hat mir das Blut in den Beinen abgesperrt«, rechtfertigt Millie ihren Absturz. Rudi verdreht die Augen.

»Diese Gurte sind einfach nicht für weibliche Formen geeignet«, versuche ich sie zu unterstützen und beobachte sorgenvoll ihre sich intensivierende Gesichtsfarbe.

Millie wirft mir einen vernichtenden Blick zu. »Vielen Dank, Jojo, das ist sehr hilfreich, warte, ich muss nur kurz …« Millie dreht sich zur Seite und übergibt sich in ihren Putzkübel.

»Igitt, Millie, hast du uns wirklich gerade ins Ohr gekotzt?«, höre ich die Stimme von Anastasia durch den Kopfhörer.

»Natürlich nicht«, antwortet Millie und zwinkert, »ich probiere nur eine neue Atemtechnik aus.«

Jetzt erschallt vierstimmiges Gelächter aus dem Kopfhörer. Die PSA-Juniors kennen ihre Ausbilderin gut.

»Agents, an die Geräte«, räuspert sich Millie und versucht ihre Führungsfunktion zurückzuerobern.

Wir sehen, wie die vier ihre Fensterputzstangen ausfahren und die Schwämme in ihre Kübel eintauchen. Zwei von ihnen, Astrid und Anastasia, kenne ich gut. Sie gehören mittlerweile zum Kernteam.

»Schaaas, des Wossa is ma ausgonga«, hören wir Astrids breiten Waldviertler Dialekt. Vier Stimmen lachen. Eine knurrt: »Ich weiß, wer nächste Woche alle Toiletten putzt.« Millie streicht sich die pitschnassen Haare hinters Ohr. Ich unterdrücke mein Lachen.

Wir richten unsere Blicke zurück auf die Fassade. Das blaugraue Glas spiegelt die Farben des Himmels wider, die weißen Schäfchenwolken reflektieren sich darauf, als hätte das Haus eine Tarnkappe und würde mit dem Hintergrund verschmelzen. Ich bin zwar kein Fan dieser Gebäuderiesen, aber dieses hier finde ich schön, weil es sich selbst nicht so wichtig nimmt, obwohl es mit seinen 220 Metern Höhe zurzeit das höchste Gebäude Wiens ist.

Anastasia, die hellblonde weißrussische Agentin, läuft in bester Mission-Impossible-Manier über die Wand. Sogar von hier unten und mit leuchtfarbenem Putzoverall sieht sie scharf aus. Rudis Blick hängt verliebt an ihrer Silhouette.

Die Waldviertlerin Astrid hat ihren Helm kaum über die Rastalocken bekommen. Er thront auf dem Kopf wie eine skurrile Krone. Ihre Bewegungen wirken am behäbigsten. Den Hintern nach hinten geschoben, sitzt sie im Klettergurt wie in einem gemütlichen Schaukelstuhl.

»Okay, jetzt kommt der Auftrag«, dirigiert Millie. »21. Stock, Zimmer 21.18., und 15. Stock, Zimmer 15.32, 50. Stock, Zimmer 50.22. Observation.«

Die Viierergruppe spaltet sich auf. Anders als Millie werden sie nicht von Rudi gesichert, sondern von einer maschinellen Haltevorrichtung am Dach, die sie über eine Funkverbindung selbst bedienen. Anastasia saust mit ihrer Haltevorrichtung in den 50. Stock, als säße sie auf dem Space Shot im Wurstelprater. Die anderen Neulinge schweben zusammen zum zweiten Observationsbereich. Astrid surrt gemütlich zum verbleibenden Zielobjekt. Innerhalb weniger Minuten schaukeln alle vier vor dem richtigen Fenster. Beeindruckend. Es ist nicht einfach, sich in den Lageplänen von rund 66.000 Quadratmetern Büro- und Wohnfläche zurechtzufinden.

Die getarnten Parabol-Richtmikrofone werden ausgerichtet und der Lauschangriff beginnt, während das rhythmische Putzen fast ununterbrochen fortschreitet. Das ist einer der Gründe, warum die Putzfrauen Spy Agency so erfolgreich ist. Unsere Agentinnen sind quasi unsichtbar, denn wer interessiert sich schon für die Putzkraft, die vor einem Fenster schaukelt.

Millie hat die These aufgestellt, dass unsere Kunden uns auch dann buchen würden, wenn sie wüssten, dass wir spionieren. Einfach weil wir so super putzen. Und da ist etwas Wahres dran. Alle unsere Agentinnen durchlaufen zunächst einmal eine fundierte Ausbildung als Putzkraft. Unsere Chefin Evelyn betont immer wieder, dass wir uns unverzichtbar machen müssen, damit unsere Observationsobjekte uns gerne und freiwillig ihre Hausschlüssel und Zugang zu allen Bereichen überlassen.

Eine halbe Stunde später sitzen Millie und ich in einem kleinen Strandcafé auf der Donauinsel, das wir entdeckt haben, weil wir manchmal im Büroviertel oben auf der Donauplatte putzen. Die Lokale oben sind völlig unterkühlt und nicht unser Stil, aber was noch viel wichtiger ist – sie servieren keinen Mojito. Das Café hier ist auf afrikanische Strandbar getrimmt, mit Strohschirmen und einer Plastikelefantentrophäe an der Wand. Gerade schaukeln unsere Drinks auf dem Tablett eines kleinen asiatischen Kellners auf uns zu. »Bitteschöööön, Ihle Dliiiinks«, singt er und platziert unsere Mojitos vor uns auf dem Tisch.

Meine Freundin sieht großartig aus. Ihre langen dunklen Haare fallen über ein erbsengrünes Kleid, ich glaube, es ist eines meiner ausrangierten, und sie sieht toll darin aus. Sogar einen Hauch von Schminke meine ich zu erkennen. Ein Zugeständnis, das vor einem Jahr nicht möglich gewesen wäre. Ich liebe Millie, aber ihr Hang zum praktischen Outfit – Jeans, Kapuzenpulli, zusammengewurstelte Haare, null Schminke – war unerträglich. Jahrelang hab ich mir den Mund fusselig geredet.

Dann kam Max. Und alles hat sich geändert.

Mein Blick fällt auf mein eigenes Outfit – Baggy-Jeans, Kapuzenshirt, Sneakers – und ich erkenne, dass ich zu Millie geworden bin. Seit dem Unfall ist meine Lust am Styling verschwunden. Wo früher meine Freude an Farben, Formen und Schnitten wohnte, hockt jetzt ein dicker behäbiger Müdigkeitstroll. Ich weiß nicht, ob es Millie so gegangen ist wie mir, aber ich verstehe jetzt ihren Hang zu weichen, übergroßen Kleidern, in die man hineinkriechen kann. Quasi eine Bett-Verlängerung für den Alltag.

Millie zieht an ihrem Strohhalm, als wäre das Mojito-Trinken ein Wettbewerb. Ihr Glas ist schon halb leer, während ich mal gerade einen Schluck getrunken habe.

»Ich hab leider nicht so lange Zeit heute«, erklärt sie. »Max und ich sind zu einer Grillparty bei Freunden von ihm eingeladen und er holt mich in zehn Minuten ab.«

Shit, zehn Minuten. Ich hätte mich gerne mit ihr über meine Blackouts beraten, aber in zehn Minuten möchte ich das nicht hineinquetschen. Mein Müdigkeitstroll seufzt resigniert und legt noch ein paar Kilo zu. »Ja, macht nichts, alles gut«, versuche ich ein Lächeln.

Millies Blick heftet sich auf mich, als würde sie mich heute das erste Mal richtig anschauen. »Was ist mit deinem Gesicht passiert? Hast du Nico getroffen?«

»Was? Nein!« Meine Hand greift zu meiner Wange, wo ich die Schwellung von meinem Sturz heute in der Bibliothek ertaste. Nico hat seine inneren Konflikte gerne an meinem Gesicht ausgelassen. Aber seit dem Unfall ist er verschollen. Gott sei Dank.

Ich überlege, ob ich doch mit der Blackout-Geschichte rausrücke. Es tut gut, Millies Anteilnahme zu spüren. In letzter Zeit bekomme ich davon nicht so viel, weil das frisch verliebte Paar in seiner eigenen Zweisamkeitsblase lebt. Ich finde das zwar peinlich von mir selber, dass ich auf Max eifersüchtig bin, und ich freu mich auch für Millie, dass sie endlich einen Mann gefunden hat, dem sie vertraut. Aber Millie und ich waren, seit wir uns in der Volksschule kennengelernt haben, eine untrennbare Einheit. Damals war ich noch überzeugt, dass sie und ich eines Tages heiraten würden. »Millijo« hat uns meine Oma Adela immer gerufen. Und gerade jetzt könnte ich Millijo wirklich gut gebrauchen.

Ich lächle Millie an und sie lächelt strahlend zurück. Wärme durchströmt meinen müden Troll. Da bemerke ich, dass ihr strahlendes Lächeln auf einen Ort hinter mich gerichtet ist.

»Ma-hax! Hier sind wir«, sie winkt, springt auf und läuft auf ihn zu. Ich dreh mich um und sehe gerade noch, wie die beiden verschmelzen. Geigen ertönen. Die tief stehende Abendsonne streichelt die beiden mit ihrem warmen Licht. Mein Troll packt seine atonale Blockflöte aus und bläst dagegen an.

»Hallo, Jojo.«

»Hallo, Max.« Ich verkrampfe mich innerlich, weil Millie die Einzige ist, die mich so nennen darf. Das Verhältnis zwischen Max und mir ist ein wenig distanziert. Wir bemühen uns beide um Millies Willen und meine rationale Gehirnhälfte weiß, dass er ein toller Typ ist. Aber ich kann nicht darüber hinweg, dass er mir meine Freundin klaut.

»Wie geht's?«

»Gut, danke. Und selbst?«

»Ja, auch.«

»Mann, könnt ihr bitte eure roboterhafte Kommunikation einstellen? Das ist ja fürchterlich. Jojo, ich hab noch eine Bitte. Könntest du heute bei Slobo vorbeischauen? Eigentlich sollte sich Zladko kümmern, aber du weißt ja, wie zuverlässig er ist.« Millie schaut mich bettelnd an.

»Klar, mach ich«, nicke ich. Slobo ist Millies diktatorischer Kater und Zladko ihr schwuler Freund und Nachbar. Die beiden mögen sich nicht besonders, erstens weil Slobo homophob ist und zweitens weil Zladko Millie übel verraten hat. Seit Slobo ihm deswegen fast ein Ohr abgebissen hat, vermeidet Zladko, dem rachsüchtigen Kater zu begegnen.

»Kommst du am Wochenende zum Familientreffen?«, frage ich hoffnungsvoll. Eine gute Gelegenheit, um Millie für mich zu haben, denn Max fürchtet sich vor meiner rumänischen Riesensippe aus Onkeln, Tanten, Kindern, Omas und Opas. Und Millie ist quasi eine von uns.

»Ja, klar, ich freu mich drauf«, sagt sie und dreht sich schon um. Mit ineinander verschränkten Händen geht das Paar in den Sonnenuntergang auf Max' Motorrad zu.

Ich stürze meinen Mojito ohne Strohhalm hinunter, um dem schalen Gefühl in meinem Magen etwas zum Schwimmen zu geben. Dann winke ich dem kleinen Asiaten zu, um einen zweiten zu bestellen. »Blinge gleich«, trällert er mir zu.

4. ZLADKO SPRICHT

Auf das dumpfe Plumpsen folgt ein empörtes Knurren, das eher nach einer angepissten Bulldogge klingt als nach einem Kater. Hat das Vieh etwa auf der Türschnalle stehend auf Millie gewartet? Oder bewacht er neuerdings die Wohnungstür? Zutrauen würde ich es ihm. Ich drücke Millies Wohnungstür auf und spüre den Widerstand eines schweren flauschigen Katzenkörpers, der über den Boden geschliffen wird wie ein Türbesen.

»Geh weg, Slobo«, raune ich Millies Mitbewohner zu und sehe im nächsten Moment den beeindruckenden buschigen roten Katerkopf in der Türspalte. »Mau!«, werde ich nun schon etwas freundlicher begrüßt.

Er läuft mit hocherhobenem Schwanz vor mir her in die Küche und setzt sich vor den leeren Futternapf. Huldvoll nimmt er den Inhalt einer Dose mit Rindfleisch und Hühnerherzen entgegen.

Millies Küche schaut gewohnt chaotisch aus. Wenigstens das hat sich nicht geändert. Auf einigen Tellern schillern flaumige Schäumchen von pilzbewachsenen Lebensmitteln in Lila, Rosa, Weiß und Dunkelblau. Ich halte die Luft an und kippe die Inhalte der Teller in den Müll, stelle den Müllsack fest verknotet zur Wohnungstür und sammle Gläser, Heferl, Teller, Schüssel und Besteck ein und stelle sie in die Abwasch, während Slobo mit seiner

Körperpflege beginnt. Nebenbei sieht er mir wohlwollend bei meinen Aufräumungsarbeiten zu. Auch er weiß eine gute Putzkraft zu schätzen. Schließlich wohnt er für gewöhnlich mit einer zusammen, auch wenn man das in Millies Heim selten erkennen kann.

Nachdem die Küche vom schlimmsten Unrat befreit ist, sitze ich ein wenig ratlos in Millies Wohnzimmer rum. Etwas in mir sträubt sich, nach Hause zu fahren. Nachdem Nico mein Konto leer geräumt hatte und verschwunden war, musste ich vorübergehend wieder zu meiner Mutter ziehen, denn alleine eine leistbare Wohnung in Wien zu finden, ist gar nicht so einfach. Der Gedanke, den Rest des Abends in der beengten, mit Heiligenbildern vollgestellten Wohnung meiner Mutter zu verbringen, deprimiert mich. Daher beschließe ich, noch bei Millies Freund Zladko anzuläuten, den ich schon seit geraumer Zeit nicht gesehen habe.

Zladko ist bei uns allen, also Slobo, mir und Millie, in Ungnade gefallen und so ganz habe ich ihm bis heute nicht verziehen, dass er meine Freundin an die Schergen einer Verbrecherorganisation namens TEA »The Executive Alliance« verraten hat. Aber im Moment mangelt es mir an alternativen Ansprechpartnern und Zladko ist vielleicht nicht verlässlich, aber er kann einen gut ablenken.

»Nurrr einen Momenttt, ich eile«, höre ich es hinter seiner Tür erschallen, als ich läute. Die Tür fliegt auf und Zladko sieht mich intensiv an. »Barbara saß nah am Abhannnng«, röhrt er mir entgegen. Ich spüre ein paar Spritzer seiner Spucke in meinem Gesicht und zwinkere verblüfft.

Der sonst so lebensfroh gestylte Musiker ist eine Symphonie aus Schwarz. Schwarze Chinohosen, schwarzes Hemd und – ich blinzle noch einmal, um es genau anzuschauen – dicker schwarzer Kajal um seine Augen.

»Oh mein Gott, Zladko, das tut mir leid.« Mitgefühl erfüllt mich mit jener Barbara, die offensichtlich zu nahe am Abhang gesessen war und abgestürzt ist. Auch wenn ich nicht weiß, in welcher Beziehung er zu ihr stand, denn Millie hat nie etwas von einer Barbara erwähnt. »Ist sie gestorben?«

Zladko sieht mich verständnislos an, dann sackt sein hoch aufgerichteter Körper ein wenig zusammen. »Gestorben? Geht es Millie gut? Ist sie wieder gefoltert worden? Ich schwöre, ich hab nix damit zu tun.« Ein ängstlicher Ausdruck schleicht sich in seine Augen und er linst vorsichtig an mir vorbei, um das Stiegenhaus zu scannen.

»Was? Nein, Millie ist nicht wieder gefoltert worden.« Ich seufze. Ich bin scheinbar nicht die Einzige, die seit unserem letzten Abenteuer paranoid geworden ist. »Aber du hast vergessen, Slobo zu füttern, bist schwarz gekleidet und deine Freundin Barbara scheint in einen Abgrund hinabgestürzt zu sein. Da dachte ich, du kommst von ihrem Begräbnis.«

Erkenntnis leuchtet in Zladkos Augen auf und dann kichert er. »Ach so ... Barbara ... hihihi ... Nein, nein. Barbara ist nicht gestorben. ›Barbara saß nah am Abhang‹ ist ein Text meines Studienbuchs. Wir üben gerade, das A auszusprechen.«

»Aaaah«, sage ich immer noch verständnislos, »wusste nicht, dass du Schwierigkeiten mit dem A hast.«

Zladko öffnet seine Tür weiter, sodass ich an ihm vorbei in sein Wohn-Schlafzimmer sehe. Dort sitzen drei junge, mehr oder weniger schwarz gekleidete Menschen und schneiden Grimassen.

Auf dem Bett sitzt ein kleiner, schmächtiger Typ mit Glatze und auffallend großen Augen, schüttelt seinen Kopf wie eine Bulldogge und macht »Wuwuwuwww«, dabei schlackert sein Kiefer hin und her, was sein blasses Gesicht eigenartig unförmig aussehen lässt. Ein vergleichsweise muskulös gebautes Mädel am Boden mit rosa Haaren hat ihren Mund zu einem Flunsch verzogen und bläst Luft durch die Lippen. Sie flattern mit einem Brrrr und verteilen fleißig Spucke im Zimmer. Es scheint ihr richtig Spaß zu machen, ihre Stimme rauscht wie eine Feuerwehrsirene rauf und runter. Der Dritte, ein rothaariger Wuschelkopf, wippt auf und ab und macht »Aahaaahaaa«, als säße er auf einer Waschmaschine im Schleudergang.

»Das sind Elias, Anna und Richard. Wir sind in der gleichen Schauspielklasse und seit Kurzem haben wir ein Statisten-Engagement im Burgtheater.«

»Aaaaaaah«, sage ich wieder und hoffe, dass ich das A richtig ausspreche. Langsam fügt sich das Bild zusammen. Ich wusste nicht, dass Zladko eine Schauspielausbildung macht. Ich weiß nur, dass er ein talentierter Musiker ist, aber leider nicht viel Erfolg beim Verkaufen seiner Talente hat.

»Kann ich euch zugucken?«, frage ich und bin über mich selbst überrascht. Wusste gar nicht, wie sehr ich NICHT nach Hause gehen will.

»Öhm … ja, klar. Leute. Wir haben Publikum!« Zladko

schlendert mir voran ins Zimmer und setzt sich auf den einzigen Stuhl.

Ich suche mir einen Platz am Boden in der Ecke, was gar nicht einfach ist, denn Zladkos Zimmer ist vollgerammelt mit Kleidern und Musikinstrumenten.

»Hallo«, winke ich den dreien zu, »ich bin das Publikum.«

Die Übungen der vier Jungschauspieler, die sich vor meinen Augen entfalten, sind wirklich unterhaltsam. Nach den Stimmübungen des Anfangs beginnen sie, sich Laute durch den Raum zuzuwerfen. Sie klatschen dabei und rufen dem Nächsten einen Buchstaben zu, der ihn auffängt und weiterwirft. Dabei werfen sie zunächst nur Vokale und gehen dann zu einzelnen Wörtern über, bis sie schließlich beginnen, Sätze zu improvisieren. Einer beginnt mit einem Wort und übergibt es dem nächsten, der den Satz fortsetzt. »Mein Hund liebt Hosenbeine und Darmwinde« oder »Ich gehe am liebsten mit Koffer in den dunklen Wald« kommt dabei heraus.

Schließlich landen sie bei ihren »Monologen«, wie sie mir erklären, die sie offensichtlich für eine Prüfung vortragen müssen.

Der schmächtige Blasse, Elias, beeindruckt mich. Er ist unheimlich intensiv in seinem Vortrag, schwitzt und zittert und scheint mit seiner Figur zu verschmelzen. Ich verstehe zwar kein Wort von seinem Text, irgendeine moderne Beschimpfungsorgie, aber seine Energie strömt förmlich zu mir herüber.

Zladko kann seinen Hang zur Dramatik nicht loslassen. Sein Monolog aus Hamlet erinnert stark an eine

Liedinterpretation von Conchita Wurst. Aber es macht trotzdem Spaß, ihm zuzusehen. Die rosahaarige Anna ist subtil und fein in ihrem Spiel, sie bringt mich zum Lachen, weil sie ganz oft das Gegenteil von dem darstellt, was der Text eigentlich sagen will. Der rote Richard ist nervös und linkisch. Er versucht, die Worte besonders deutlich auszusprechen. Seine Zunge stolpert über jeden Laut und der Text klingt hölzern. An den dramatischen Stellen röhrt er wie ein verwundeter Hirsch, an den subtileren Stellen erschlafft sein ganzer Körper und man hört ihn kaum.

Ich applaudiere trotzdem nach jeder Darbietung, schreie »Bravo« und merke, wie die vier meine Aufmerksamkeit genießen. Ich fühle mich wohl, von mir und meinem Leben abgelenkt.

»Jetzt du«, sagt urplötzlich Elias.

Ich blicke mich zunächst um, weil ich mir absolut nicht vorstellen kann, wen er meint.

»Ich?« Ich verschlucke mich und muss husten. »Neinneinein … das kann ich nicht.«

»Doch, sicher. Ein Kinderlied, ein Gedicht, einen Satz, den du magst …« Elias leuchtet mich genauso intensiv an wie vorher bei seiner Darstellung. Die anderen sind begeistert von der Idee.

Normalerweise würden mich keine zehn Pferde dazu bekommen, so etwas zu tun. Aber der Enthusiasmus der vier und die aufladende Energie ihres Spiels lässt mich tatsächlich aufstehen und auf »die Bühne« gehen, die der Platz vor dem CD-Regal ist.

Ich räuspere mich. »Das Wort …«, ich unterbreche, um mich noch einmal an das Zitat von Eugene Ionescu

zu erinnern, dass ich heute in der Früh in der Nationalbibliothek gelesen habe. Ich atme ein. »Das Wort hindert
das Schweigen daran, zu sprechen. Das Wort betäubt.
Statt Tat zu sein, tröstet es uns, so gut es kann, über unser
Nichtstun hinweg«, rezitiere ich und mein Blick hängt
sich in den von Elias, der mich völlig fasziniert betrachtet und meinen »Auftritt« sogar mit seinem Handy filmt.
Der Satz kommt langsam und zögerlich und wesentlich
leiser als die Monologe der Schauspieler. Aber das Eigenartige ist, dass sich mir seine Bedeutung zu erschließen
beginnt, während ich ihn Wort für Wort spreche. Ich
atme aus und horche den Worten nach. Es ist still. In
mir und in dem kleinen, überfüllten Zimmer.

»Wahnsinn«, flüstert Elias nach einer Weile. Dann
applaudieren alle vier völlig begeistert und ich verbeuge
mich theatralisch.

Anschließend trinken wir Bier und beginnen über
dieses und jenes zu reden. Die Jungschauspieler strot-
zen vor Ideen und Träumen über ihre Künstlerkarrieren.
Irgendwann kommt ihr Gespräch auf die Aufführung im
Burgtheater, für die sie die hochbegehrten Statistenrollen
ergattern konnten. Leider wurden die Proben kürzlich
bis auf unbestimmte Zeit verschoben, weil es ein Problem mit dem Regisseur gibt. Dunkel erinnere ich mich
daran, dass ich davon heute Morgen auf der Bibliotheks-
toilette was gehört habe. Kurz vor Mitternacht trennen
wir uns und ich fahre mit der letzten Bim nach Hause.

5. NEUE MISSION

»Ja, Mama, das freut mich, dass Alfons Haider später zu dir kommt, um mit dir über dein Leben zu plaudern. Nein, mach dir keine Sorgen. Er will dich sicher nicht als Partnerin für Dancing Stars engagieren. Ja, das schwarze Etuikleid und Perlenkette. Bring ich mit. Jaja … weiß ich. Nein, der Friseur wird rechtzeitig da sein.« Dann wechselt sie auf Albanisch, und obwohl ich das nicht verstehe, sagt sie, glaube ich, abwechselnd Jajaja und Neinn-einnein. Diese Sprache unterstreicht den Eindruck, den man bei Evelyns hoher, hagerer Gestalt ohnehin hat, in einem Spin-Off vom »Herrn der Ringe« gelandet zu sein.

Das Gesicht der sonst so coolen, strukturierten Agenturchefin ist von einer leichten Röte überzogen. Sie zwirbelt mit der freien Hand nervös an ihren langen weißen Haarsträhnen. Ihre normalerweise sonore Stimme ertönt im Moment eine Oktave höher. Ich finde es unterhaltsam, dass sogar meine souveräne Chefin bei Gesprächen mit ihrer Mutter wieder zum Kind mutiert.

Nach circa zehn Minuten scheint sich ihre Mutter beruhigt zu haben und Evelyn beendet das Gespräch.

Sie seufzt und rückt ein paar Gegenstände auf ihrem Schreibtisch zurecht, um sich zu sammeln.

»Entschuldige, Ioana, das war meine Mutter.«

Ich nicke. »Kein Problem.«

»Die Ärzte haben mir erklärt, dass man bei Demenz am besten in die Welt der Patienten einsteigt, seitdem führe ich all diese wunderlichen Gespräche mit ihr. Letzte Woche war Putin zu Gast. Heute Alfons Haider. Die Bandbreite ihrer imaginären Besucher ist beeindruckend«, erklärt sie mir unaufgefordert.

Ich kenne Fatushe, Evelyns Mutter, aus den Geschichtsschreibungen der PSA, der Putzfrauen Spy Agency. Sie war eine der ersten Agentinnen unseres weltweiten Spionage-Netzwerks und in den 70er-Jahren in einige spektakuläre Spionagefälle des Kalten Krieges verwickelt. Sie soll sogar John F. Kennedy und Nikita Chruschtschow kennengelernt haben oder zumindest ihre Suiten im Hotel Imperial. Angeblich hat sie über Kennedy gesagt, dass er ein »Saubär« wäre.

Evelyn bemerkt, dass ihre Finger immer noch mit ihren Haaren verknotet sind, und versucht, sie unauffällig daraus zu entfernen.

»Also, Ioana«, ihre Stimme hat wieder ihr gewohnt tiefes Timbre, mit dem sie oft am Telefon für einen Mann gehalten wird. »Wie geht es dem Fall Nationalbibliothek? Und wie geht es dir?«

Allein die Erwähnung der Nationalbibliothek bringt meinen Troll zum Schnarchen. Ich versuche, ihn wegzuatmen, denn ich will Evelyn davon überzeugen, dass sie mich wieder an spannenderen Einsatzorten unterbringen kann.

»Nun, den Fall«, ich mache Gänsefüßchen in die Luft bei dem Wort »Fall«, weil wir beide wissen, dass es eigentlich keiner ist, »haben Chica und ich gelöst. Die gesuchte Person ist eine ältere Bibliotheksbesucherin, die offensichtlich mit einem der männlichen Mitarbeiter aus der

Entlehnung eine Fehde hat. Sie versteckt gezielt Bücher an falschen Orten und lauert dann hinter dem Regal, um zu beobachten, wie die Bibliothekare bei der Suche nach den Schriftstücken verzweifeln. Der Entlehnungsmitarbeiter seinerseits versinkt jedes Mal unter den Tresen, wenn die Dame im Anmarsch ist. Soweit ich mitbekommen habe, sieht er ihrem Ex-Ehemann ähnlich, der sie vor 20 Jahren wegen einer Jüngeren verlassen hat. Tatsächlich glaube ich, dass sie ihn für ihren Ehemann hält.« Ich versuche mich zurückhaltend auszudrücken, weil ich weiß, dass Evelyn mit dem Zustand ihrer Mutter kämpft.

»Verstehe«, nickt Evelyn und tippt etwas in ihren Computer, vermutlich einen der vielen Berichte, die sie ständig an die Zentrale abliefern muss.

»Und du?« Sie lehnt sich aufgestützt auf ihre Ellbogen über den Schreibtisch nach vorne und schaut mir direkt in die Augen.

»Mir geht es gut, danke.« Einen Versuch ist es wert.

Evelyn mustert mich mit ihrem durchdringenden Blick und zieht ihre gefürchtete Augenbraue nach oben.

Ich spüre, wie ich einknicke.

»Okay, es geht mir noch nicht so toll, ich kippe aus unersichtlichen Gründen um und habe das Gefühl, dass ein großer Müdigkeitstroll in meiner Brust sitzt, der jeden Schritt zu einem Leistungssport werden lässt. Und die Bibliothek verstärkt dieses lähmende Gefühl, dass ich in Wirklichkeit immer noch im Koma liege und alles nur träume.«

Ich habe keine Ahnung, wie sie das macht. Sie ist eine Hexe.

Evelyns Augenbraue flackert.

Eine liebe gute weiße Hexe. Eigentlich eine Magierin. Hilfe ...

Evelyns Augenbraue entspannt sich und ich falle verschwitzt in die Lehne des Sessels zurück. Ich versuche, an nichts zu denken.

Die Tür fliegt auf und Susi, Evelyns Assistentin, steht in der Tür. »Boss, die Materialschulung beginnt in fünf Minuten und Ihre Mutter besteht darauf, dass Sie morgen zum Tee mit Angela Merkel kommen.«

Evelyn seufzt und nickt. »Gut, Ioana, ich habe für dich einen neuen Spezialauftrag.«

Nicht schon wieder. Der Gedanke, weiter hinter irgendeiner Schnarchnase herzuschnüffeln, raubt mir das letzte Fünkchen Motivation.

»Ein skurriler Fall.« Evelyn blättert in ihren Unterlagen. »Der Burgtheater-Regisseur Oscar Bydlinsky hatte einen Nervenzusammenbruch und verbarrikadiert sich in seiner Wohnung.«

Ich werde etwas munterer, denn das ist das dritte Mal in 24 Stunden, dass ich von besagtem Regisseur höre, und langsam beginnt er mich zu interessieren.

»Angeblich sind Teile seines Manuskripts verschwunden und danach soll er einen akuten Nervenzusammenbruch gehabt haben.« Sie gibt mir einen dünnen Folder mit Unterlagen und lächelt mich aufmunternd an. »Und jetzt lass uns schauen, was Rita wieder ausgetüftelt hat.«

Das ist vielleicht nicht unbedingt der Auftrag, den ich mir erhofft habe, aber anderseits klingt er gar nicht so übel. Nach meinem Abend mit den Schauspielschülern finde ich die Aussicht, einen bekannten Regisseur kennenzulernen, anregend.

»Hoppala!« Die Unterlagen aus der Mappe zu meinem neuen Fall verstreuen sich auf dem Korridor. Ich bin vor lauter Konzentration direkt in Ramesh hineingelaufen.

»Hallo, Ioana«, höre ich seine dunkle, warme Stimme mit dem britischen Akzent. Ich beschäftige mich erst mal ausgiebig mit dem Knopf seines hellblauen Hemds, bevor ich es schaffe, in seine schwarzbraunen Augen zu schauen, die mich wie neuerdings auch alle anderen Augen in der Agentur sorgenvoll betrachten.

Ganz englischer Gentleman, sammelt er geschmeidig meine herumliegenden Zettel ein, sodass mir nichts übrig bleibt, als ihn dabei zu beobachten. Er sieht aus wie die Bollywood-Version von James Bond, eher die ramponierte Variante wie Daniel Craig, was ihn irgendwie noch attraktiver macht. Das vergangene Jahr und der Tod seiner Verlobten Yasemine haben ihm zugesetzt. In seine dichten blauschwarzen Haare haben sich erste graue Strähnen hineingestohlen.

Nicht, dass sein Grad von Attraktivität für mich von Interesse wäre, denn nach dem Desaster mit meinem Exfreund Nico hab ich den Männern ein für alle Mal abgeschworen. Nicos absurde Männerlogik, mehr Geld heranschaffen zu müssen, hätte mich beinahe mein Leben gekostet. Und die Ermordung von Yasemine ist ein dunkler Schatten in der Geschichte der PSA.

Seit einiger Zeit bilde ich mir ein, dass sich Rameshs Verhalten mir gegenüber verändert hat. Mal wirkt er so, als hätte er privates Interesse an mir, dann wieder behandelt er mich mit einer Distanz, die nicht nur mit seiner britischen Erziehung zu tun hat. Abgesehen von seinem schizophrenen Verhalten und meinem selbst auferlegten

Zölibat sind Beziehungen in der Agentur verboten, und nachdem er in der Hierarchie höher steht als ich, wäre völlig klar, wer gehen müsste. Ich frage mich, warum ich mir das gerade alles selber vorbete. Schließlich habe ich keinerlei Interesse an ihm. Absolut keines.

»Geht schon.« Ich hocke mich neben ihn auf den Boden, um den Rest der Unterlagen zusammenzuraffen, und spüre, wie mir sein leicht orientalischer Körpergeruch in die Nase steigt.

»Ist das nicht der Burgtheater-Regisseur?«, sagt er beim Blick auf das Foto.

»Supergeheim.« Ich nehme ihm das Foto aus seinen schlanken Fingern, drehe mich von ihm weg und gehe mit leicht wackeligen Knien auf das Konferenzzimmer zu.

6. EIN SCHATTEN ZIEHT AUF

»Und der neue FX 720 befindet sich jetzt in der Polepo-
sition. Knapp gefolgt von dem VWV 222.« Astrid mode-
riert mit einem Besenstiel zwei Kolleginnen, die sich mit
neuen Putzwagenmodellen eine wilde Verfolgungsjagd
liefern.

Hinter mir höre ich die schneidende Stimme von Anastasia. »Du bjist Schlllampe«, raunt sie mit starkem rus-
sischem Akzent und zieht das neue Taser-Schwamm-
Modell aus der Hüfttasche, als wäre sie John Wayne in
einem Duell.

»Das heißte ssslampig«, antwortet Chica, »und das
stimmt gar nicht.«

»Ijch djich mache kalllt«, Anastasia drückt den Aus-
löser des nagelneuen FX320-Putz-Taser-Schwamms,
die Patrone öffnet sich und die Nadeln mit den Kabeln
surren pfeilschnell quer durch den Raum auf Chica zu,
wo sie sich in ihren Übungsschutzpanzer hineinbohren.
Chica wackelt und stöhnt hingebungsvoll, verdreht die
Augen und sinkt Richtung Boden. Mitten in ihrer Darbietung erblickt sie Evelyn, die gerade den Raum betreten hat, und versucht, doch stehen zu bleiben, was sehr
komisch aussieht. Ihre Arme rudern und dann plumpst
sie rückwärts, wo sie schaukelnd liegen bleibt wie ein
kleiner Marienkäfer.

Auch die beiden Putzwagenrennfahrerinnen bremsen und beginnen über die Vorteile der neuen Modelle zu fachsimpeln.

Evelyn hebt ihre Augenbraue, was den Raum endgültig zum Schweigen bringt.

»Ich weiß, dass wir heute eigentlich Materialpräsentation haben. Vielen Dank an Rita, dass du uns wieder die neuesten Tools präsentieren wirst.« Sie nickt zu der kleinen, zarten blonden Frau mit weißem Labormantel, die aussieht, als wäre sie erst zwölf, aber ein Genie der Technologie ist.

Rita lächelt verlegen und stupst sich ihre Brille, die eigentlich zu groß für ihr zartes Gesicht ist, weiter nach oben.

»Ich habe die Nachricht aus der Zentrale in London erhalten, dass die TEA – ›The Executive Alliance‹ – sich einem neuen Projekt widmet und dass einer der zentralen Aktionsorte Österreich sein soll.«

Obwohl es bereits still im Raum ist, wird es noch stiller. Diese Stille ist dicht gefüllt mit schlechten Erinnerungen und Angst. Wir Putzfrauen sind ja prinzipiell ein furchtloses Volk, weswegen wir uns für die gefährliche Arbeit der Putzfrauenspionage auch so gut eignen. Wer schon einmal den Lurch unter dem Bett eines Junggesellen hervorgewischt hat, weiß, wovon ich spreche.

Aber die TEA mit ihren bösartigen Agenten – kurz TEA-BAGs genannt – hatte unsere gesamte Agentur im Vorjahr fest im Griff. Ich spüre, wie meine Ohren wieder zu brummen beginnen, und schwanke ein wenig. »Bitte nicht«, flüstere ich und spüre im nächsten Moment Rameshs Hand auf meinem Rücken. Eine angenehme

Wärme strahlt durch meinen Körper und ich erlaube mir kurz, mich an ihn anzulehnen und mich einem trügerischen Gefühl der Sicherheit hinzugegeben.

Trügerisch deswegen, weil gegen die TEA auch Ramesh nichts ausrichten kann, wie er schmerzlich erleben musste. Ich seufze und trenne meinen Körper wieder von Ramesh, denn es wäre fatal, Gerüchte in die Welt zu setzen. Auch wenn ich den meisten hier mein Leben anvertrauen würde, bleiben wir doch ein Haufen Mädels, was Klatsch und Tratsch betrifft. Darum sind Beziehungen in der Firma auch unerwünscht.

Ich blicke in die Gruppe von Frauen, die sich in einem Kreis rund um Evelyn formiert haben, und spüre ganz viel Zuneigung zu meiner Zweitfamilie. Manchmal sehe ich sie fast als meine erste Familie an, allen voran meine »Schwester Millie«. Viele von ihnen entkamen unter schwierigsten Bedingungen Kriegen, Verfolgung oder einfach nur Armut. Und auch wenn ich mich an meine eigene Flucht aus Rumänien nicht mehr so gut erinnern kann, weil ich damals noch klein war, fühle ich mich über diese Erfahrungen mit ihnen verbunden. Wir sind ein bunter Haufen, klein, groß, dick, dünn, alt, jung, und ich liebe den multikulturellen Kleiderstil, der bei uns privat herrscht. Turbane, Saris, Sarongs, Tuniken, Dschellabas mischen sich mit stinknormalen Jeans und T-Shirts. An das bunte Buffet bei der Weihnachtsfeier möchte ich gar nicht denken, sonst fange ich an zu sabbern.

Evelyn setzt ihre Ansprache fort. »Wir wissen noch nicht, worum es bei der neuesten TEA-Kampagne genau geht, aber es dürfte sich um Erpressungen handeln, die im Gange sind. Dabei dürften die Zielpersonen breit gestreut sein, Politiker, Medienstars, sogar private Blogger. Wir werden eine Ersterhebung durchführen, bei der wir ab sofort aus Sicherheitsgründen in Zweiergruppen arbeiten.« Evelyn ruft der Reihe nach die restlichen Kolleginnen nach vorne und übergibt ihnen in Zweierteams die Einsatzformulare.

Millie und Andrea bekommen den Auftrag, die Villa eines jungen Politikers auszuspionieren. »Jö, der Babykaktus«, murmelt sie. »Auf dessen Wohnung bin ich echt neugierig. Sollen wir fragen, ob wir unser Team tauschen und bei ihm gemeinsam arbeiten dürfen?«

Ich nicke. Das wäre super, dann hätten wir mal wieder mehr Zeit für uns, bei der uns Max auf keinen Fall in die Quere kommt. Ich hege jedoch die Befürchtung, dass mich Evelyn aus dem Spiel halten will, denn es wäre für die Unauffälligkeitsprämisse von Vorteil, nicht im Haus eines Politikers zu kollabieren.

Ich bemerke, dass einige Kolleginnen keine Zuteilung erhalten haben, da ruft Evelyn sie auch schon auf. »Astrid, Chica, Anastasia, Zendaya, Fatimah und Amari, ich brauche euch einzeln in meinem Büro.«

Die Genannten nicken und sehen dabei ein bisschen blass um die Nase aus.

Rita setzt ihre Materialschulung fort, aber die Atmosphäre ist eindeutig getrübt. Die üblichen Späße bleiben aus.

Wir probieren ein neues Mini-Stethoskop aus, mit dem man durch die Wand hindurch Gespräche abhorchen kann. Es sieht aus wie der Drehverschluss einer Putzflasche, und dieser spezielle Drehverschluss passt zu einem besonders giftig riechenden Chlor-WC-Reinigungsmittel, das man auch im Notfall als Betäubungsspray einsetzen kann.

Man kann den Schraubverschluss mittels Vakuum an der Wand befestigen und bis zu zwölf Stunden lang Material aufnehmen. Millie und ich klemmen es an die Wand in Richtung Evelyns Büro und ich stecke mir die knopfartigen Kopfhörer in die Ohren.

Ich höre Anastasias klare Stimme. »Das stimmt nicht. Ich habe sicher nichts geklaut.«

Ich höre Evelyn beschwichtigend antworten, dass sie ihr glaube, aber dass sie Anastasia vorrübergehend nicht zu Einsätzen schicken könne, bis die Sache geklärt sei. Anastasia lässt noch ein paar russische Schimpfwörter aufsteigen. Dann höre ich, wie der Sessel über den Boden rutscht und sie den Raum verlässt.

Ich wende mich zu Millie, um mit ihr das Gehörte zu teilen, da sehe ich, wie sie mit roten Wangen und glänzenden Augen in ihr Handy tippt. Ich vermute mal, es geht um Max. Sie sieht wunderschön aus mit ihrer Aura des Verliebtseins. Und unerreichbar für mich.

Ich spüre meine gewohnte Müdigkeit heraufziehen und beschließe, mich aus der Materialschulung fortzuschleichen, um einen Nachmittag auf der Couch einzulegen. Streng genommen ist das sogar Evelyns Auftrag für mich. Ausruhen und wieder auf die Beine kommen.

7. EINIGELN

Der Mann in der roten Uniform ist wieder einmal gestorben und Captain Kirk trägt die ohnmächtige Blondine den Berg hinauf zu dem Platz, wo Scotty ihn hinaufbeamen kann. Ich frage mich, warum Scotty dafür einen so extrem unzugänglichen Ort aussuchen musste, denn ich habe die Folge schon mindestens siebenmal gesehen und da gäbe es wesentlich geeignetere Teleportationsplätze. Vielleicht um zu demonstrieren, dass sich mit der Besatzungsuniform der Enterprise auch bei großer Anstrengung nie Schweißflecken im Fabrikat bilden.

Ich lümmle auf Mamas Bettcouch in ihrer Küche und betäube mich mit einem Serien-Marathon. Ich war schon immer ein Filmfreak. Früher waren es eher die großen Dramen, die mich der Kostüme wegen fasziniert haben. Seit meinem Unfall sind Fantasy und Science-Fiction meine Favoriten geworden. Es gelingt mir noch besser, den Faktor Realität auszublenden, wenn Elfen oder Außerirdische die Szene bevölkern.

Mama ist zum Glück heute Nachmittag bei ihrem Gebetskreis und deswegen sind mir unerwünschte Fragen zu meiner frühen Heimkehr erspart geblieben. Auf meinem Bauch ruht eine Riesentasse rumänischen Kaffees. Die vierte. Ich werde heute Nacht kein Auge zumachen.

Rumänischen Kaffee kocht man ähnlich wie türkischen. Das Kaffeepulver wird mit Kakao und Staubzucker vermischt und mit kaltem Wasser aufgegossen. Man kocht ihn in einem Ibrik, das ist ein konisch zulaufendes Kännchen aus Kupfer mit einem langen Stiel. Unser Ibrik stammt noch von meinem Vater. Er ist auf unserer Flucht die ganze Strecke mit uns mitgereist und hat es bis nach Wien geschafft. Mama sagte immer, das sei wichtig, damit Papa seinen guten Kaffee bekommt, wenn er zu uns stößt.

Kurz vor dem Siedepunkt des Kaffees nimmt man den Ibrik von der Flamme. Meine Mutter hat einen Gasherd, sie schwört darauf. Am besten schmeckt der Kaffee mit Schlagobers und ein bisschen Vanillezucker.

Captain Kirk diktiert gerade die Ereignisse der vergangenen halben Stunde in sein Sternen-Logbuch und lässt uns an seinen Gedanken über die Menschheit teilhaben.

Das Koffein macht sich langsam bemerkbar und meine Finger beginnen meine innere Unruhe an der Fernbedienung auszulassen. Ich überlege, ob die Anschuldigung, dass Anastasia geklaut hat, einen wahren Kern haben könnte, und entscheide mich dagegen. Nebenbei zappe ich durch gefühlte 50 Kanäle und bleibe bei einem Bericht über den Burgtheater-Regisseur Oscar Bydlinsky hängen.

Der Beitrag beginnt mit einem kurzen Porträt des Künstlers, der aus einem kleinen Dorf in den Bergen stammt und eine Mischung aus Ausnahmetalent und Enfant terrible ist, zeigt Ausschnitte seiner bisherigen Arbeiten und Aktionen und endet mit Mutmaßungen über sein plötzliches Verschwinden aus der Öffentlichkeit. Am Schluss stellt die Kulturredakteurin infrage, ob die groß angekündigte Uraufführung Ende des Monats stattfinden wird.

Ich schlage meine Auftragsmappe auf und lese mich ein. So wie es aussieht, besteht meine erste Herausforderung darin, mir Zugang zu seiner Wohnung zu verschaffen, denn bisher scheint er seit seinem Zusammenbruch sämtliche Besucher abgewiesen zu haben.

8. ANNÄHERUNG

Hinter der Eingangstür mit geschliffenem Jugendstilglas taucht das dritte Mal eine dunkle Silhouette auf, hält kurz inne und verschwindet dann wieder. Ich stehe jetzt schon eine geschlagene Viertelstunde und warte vor der Wohnung des Regisseurs im 8. Bezirk. »Die Josefstadt«, höre ich Chica referieren, »ist das Gebiet zwischen Ottakringerbach und Alserbach und gehört zu den neun Bezirken der Wiener Innenstadt, die sich um die Ringstraße herum verteilen.« Ich bewundere das wunderschöne alte Stiegenhaus mit dem karierten Steinfliesenboden und den geschwungenen Eisengeländern und überlege, wie viel Zeit ich ihm gebe. Nachdem das vierte Mal die Silhouette an der Tür vorbeischwebt wie ein Wal im nebligen Meer, hole ich einen Notizblock heraus und schreibe so krakelig, wie ich kann: *Ich Ioana Putsfrau, du nix da, komen wida morgn.* Ich schiebe den Zettel unter der Tür durch und lauere um die Ecke, um zu sehen, ob er ihn findet. Die Silhouette taucht auf, stockt, sinkt langsam hinter den Fenstern der Tür hinunter und taucht wieder auf. Nach einigen Momenten höre ich, wie der Spion klappert. Aber ich bleibe in meinem Versteck. Soll er sich ruhig an den Gedanken gewöhnen, dass ich am nächsten Tag wiederkomme. Männer müssen allgemein langsam an unseren Berufsstand herangeführt werden, ob nun Regisseur oder nicht.

9. FAMILIEN-FEGEFEUER

Auf dem Tisch von Onkel Petru und Tante Tonica türmen sich Mezze, Hühnchengulasch, Mici*, gegrillter Käse, eingelegte Rüben, alles, was Rumänien so an Spezialitäten zu bieten hat. Unter vier Hauptgängen und zehn Beilagen geht es bei Tante Tonica nicht. Mit den Restbeständen könnte man regelmäßig eine afrikanische Provinz ernähren. Schon allein der Anblick ruft bei mir ein Gefühl der Völle hervor. Außer meinem Onkel und meiner Tante sind drei meiner vier Brüder da, meine Mutter, die Schwester meines Vaters und ihre Tochter Mirela mit einem jungen Mann, den ich zum ersten Mal sehe. Das heute ist nur der »intimste Kreis« der Familie. Normalerweise trifft man bei uns selten unter 30 Familienmitglieder an. Meine Oma Adela hat es sich im Lehnsessel in der Ecke bequem gemacht und schnarcht geräuschvoll vor sich hin.

Man kann nicht genug von Oma Adela lernen, sich dem Machteinfluss von Menschen durch subtilen, aber unbeugsamen Widerstand zu entziehen. Ich bin mir nicht sicher, ob sie tatsächlich so laut schnarcht oder eine Show abzieht und versucht, die anstrengenden Monologe von Onkel Petru mit besonders lauten Apnoe-Einsätzen zu sabotieren.

---

* Rumänische Bezeichnung für Cevapcici

Oma Adela hat mir einmal kichernd erklärt, mit Onkel Petru müsse man umgehen wie mit seinem großen Vorbild, dem Diktator. »Du musst dich mit einer Schicht aus Teflon umgeben, Jojo, an der er abgleitet, ohne es zu bemerken. Teflon ist eine großartige Erfindung. Wir hatten so was nicht. Wir mussten unsere Töpfe und Pfannen stundenlang im kalten Wasser schrubben. Bei Teflon nimmst du einfach ein Stück Küchenrolle, wischst die Fettschicht ab und schmeißt sie ins Feuer.«

Ich setze mich neben Mirela und beuge mich zu ihrem Begleiter. »Ich bin Ioana, Mirelas Cousine«, begrüße ich ihn.

»Das ist Anda, mein Verlobter«, stellt Mirela ihn vor. »Anda spricht leider noch nicht so gut Deutsch.«

»Wow«, entfährt es mir, »Verlobter.« Mir scheint, alle Welt entwickelt sich im Laufschritt weiter, nur ich trete auf der Stelle.

»Ja.« Mirela kichert mit rosigen Wangen in Richtung Anda. »Wir haben uns vor einem halben Jahr im Flix-Bus kennengelernt und es hat einfach gepasst.« Ich habe schon davon gehört, dass der FlixBus eine Art Partnerbörse für Pendler geworden ist.

Als ich Andas unsicheren Blick sehe, wechseln wir die Sprache und ich lerne einen unterhaltsamen, verliebten Mann kennen. Mein Onkel zieht Anda in ein »Gespräch unter Männern« hinein. Dadurch haben Mirela und ich Zeit, über dies und jenes zu plaudern. Wir haben uns lange nicht gesehen und sie ist sehr erwachsen geworden. Sie trägt ihre Haare in einem praktischen Kurzhaarschnitt, der sie älter aussehen lässt, als sie ist. Vielleicht sind das aber auch die dunklen Augenringe, die ihre treuen Begleiter geworden sind, seit sie als 24-Stunden-Pflegekraft in Österreich arbeitet.

Nach einiger Zeit legt Mirela mir die Hand auf den Arm und zieht mich ein wenig zu sich. Ihre Stimme ist leiser, aber sie spricht direkt in mein Ohr hinein. »Ich habe mich nach einem neuen Job umgesehen und wollte dich um deine Meinung fragen.« Ich spüre ihren warmen Atem in meinem Ohr kitzeln. »Jetzt, wo ich mit Anda zusammen bin, möchten wir eine Familie gründen und da ist mein Job einfach echt schwierig.«

Ich nicke und warte. Ich weiß, dass die Anforderungen an die Pflegekräfte brutal sind.

»Ich hab da von einer Agentur gehört, die Putzfrauen zu Agentinnen ausbildet.«

Ich verschlucke mich fast. »Aaah?«

»Ja, die Bezahlung soll recht gut sein und die Arbeitszeiten besser als meine.«

Meine Gedanken überschlagen sich. Warum erzählt mir Mirela das? Weiß sie, dass ich bei der PSA bin? Wenn sie bereits Erstkontakt hatte, dann wurde sie instruiert, dass sie mit keiner Menschenseele über die Agentur reden darf. Es ist ein Ausschließungsgrund für die Aufnahme. Die meisten Anwärterinnen werden davor getestet, ob sie Geheimnisse für sich behalten können. Ich traue mich nicht zu fragen, ob sie bereits ein Gespräch hatte, denn wenn dem so wäre, müsste ich der Agentur melden, dass sie eine Amsel ist. »Ich weiß nicht«, versuche ich das Gespräch abzubiegen, »das klingt doch ziemlich nach Fake News.«

»Doch, doch, das stimmt sicher. Anda hat nämlich einen Freund, dessen Cousine hat eine Freundin, die jemanden kennt, der das macht.« Ihre Augen leuchten begeistert.

Gott sei Dank. Es gab noch kein Gespräch. Aber ich werde sie im Auge behalten müssen. »Ich wäre vorsichtig, Mirela. Wenn du eine Familie gründen willst … Klingt schon irgendwie dubios, oder?«

Mirelas Augen hören auf zu leuchten und ich fühle mich wie ein Schwein. Ich notiere mir, dass wir eruieren müssen, wer dieses Leck ist und wie wir es reparieren können.

Meine Gedankengänge werden durch die nervtötend laut proklamierende Stimme meines Onkels unterbrochen.

»Wenn es den Conducător noch gäbe, müsstest du nicht als Hilfsarbeiter auf dem Bau arbeiten, Flaviu«, erklärt Onkel Petru und mein ältester Bruder nickt ihm begeistert zu.

Meine Teflonschicht bekommt Risse. »Das müsste er auch nicht, wenn er die Schule abgeschlossen hätte«, murmle ich nicht leise genug.

»Sagt die Putze, die die Scheiße aus anderer Leute Toiletten kratzt und noch bei ihrer Mutter wohnt«, antwortet mein Bruder gehässig. Wir haben nicht das beste Verhältnis. »Außerdem musste ich mich um die Familie kümmern, nachdem sich unser Alter vertschüsst hat.«

»Sprich nicht so von deinem Vater«, flüstert meine Mutter, doch niemand hört ihr zu.

»Erstens hat dich niemand gebeten, dich um die Familie zu kümmern, und zweitens hat sich unser Vater wohl kaum freiwillig vertschüsst.« Ich spüre, wie mein Herz rast. Anda sieht verunsichert zu Mirela, die nur den Kopf schüttelt.

Mein mittlerer Bruder hämmert verzweifelt in sein Handy. Er ist der Sensible in unserer Familie und um seiner willen halte ich mich für gewöhnlich zurück. Aber heute schwappt eine Welle des Grolls über mich, die es mir unmöglich macht zu schweigen.

In Onkel Petrus Augen sehe ich einen Funken sardonischer Freude. »Ach, und warum ist er dann nicht wiedergekommen?«

»Ja, Jo, warum ist er dann nicht wiedergekommen?«, äfft mein Bruder ihn nach.

»Vermutlich, weil er von den Spitzeln eures geliebten Führers zu Tode gefoltert wurde.« Jetzt hab ich es ausgesprochen. Totenstille legt sich über den Raum. Alle halten die Luft an.

Ich sehe, wie die großen Augen meiner Mutter bis zum Anschlag mit Tränen gefüllt sind und ihre Finger sich verkrampft um den Henkel ihrer Teetasse verknoten. Tante Tonica putzt ein paar nicht vorhandene Krümel vom Tischtuch. Mein kleiner Bruder starrt in sein Handy, obwohl da nur der Sperrbildschirm zu sehen ist. Alle anderen starren verschreckt auf Onkel Petru.

Oma Adela platziert ihren nächsten Apnoe-Schnarcher mitten in die angespannte Stille hinein.

Ich höre Onkel Petru einatmen und weiß schon, was jetzt kommt. »Unter dem Führer gab es keine Folter. Das war alles nur Propaganda des Westens, die bei leicht beeinflussbaren, unzufriedenen Menschen wie dir, liebe Ioana, leider auf fruchtbaren Boden gefallen ist. Euer Vater war immer schon ein labiler Mensch und er war ein Säufer, so leid es mir tut, das sagen zu müssen.«

Überhaupt nicht leid tut es ihm. Er genießt jedes Wort. Ich kann mir wirklich nicht vorstellen, was ihm mein Vater getan hat, dass ihn sein eigener Bruder so hasst.

»Vermutlich ist er auf dem Weg nach Hause von einer seiner Sauftouren im Straßengraben gelandet.«

»Wenn ich so ein Arschloch als Bruder hätte, würde ich auch saufen.« Meine Teflonschicht liegt zusammen mit dem ganzen schleimigen Grind von Onkel Petrus Geisteshaltung im Feuer. Und das lodert mit voller Zerstörungskraft.

Onkel Petrus Gesicht ist gerötet, denn Widerspruch ist er ebenso wenig gewohnt wie der Conducător. »Ioana, deine schlechte Erziehung ist der beste Beweis dafür, was für ein Schwächling dein Vater war. Du bist ein respektloses, undankbares Gör und wir hätten dich damals mit deiner Mutter der Gosse überlassen sollen.«

Jetzt zeigt er wenigstens einmal sein wahres Gesicht. Doch meine Genugtuung hält sich in Grenzen, denn meine Mutter und mein kleiner Bruder sehen beide aus, als würden sie gleich vom Stuhl kippen. Sogar Oma Adela hat ihre Schnarchtarnung aufgegeben und sitzt mit erschrockenem Ausdruck in den Augen in der Ecke.

Mir ist zum Heulen zumute, aber auf gar keinen Fall möchte ich Onkel Petru diesen Triumph gönnen. Also stehe ich wortlos auf und gehe so langsam, wie ich kann, zur Wohnungstür hinaus.

Ich versuche, Millie telefonisch zu erreichen, und lande auf ihrer Sprachbox. Ach, Millie. Ich brauche dich.

Ich fahre mit der U-Bahn zur Donauinsel und setze mich an das Ufer des großen braunen Flusses. Es gibt ja einen Wiener Walzer von Johann Strauß, wie wir in unserer Ausbildung gelernt haben, der fast so etwas wie eine geheime Nationalhymne in Österreich ist. Er wird jedes Jahr zu Silvester um Mitternacht gespielt und heißt »An der schönen blauen Donau«. Aber die Donau ist nicht blau. Sie ist braungrau. Dennoch liebe ich sie, denn sie verbindet meine neue Heimat mit meiner alten. Ich komme gerne hierher und spreche mit dem Fluss und stelle mir vor, dass er meine Botschaften zu meinem Vater trägt.

Der Streit mit Onkel Petru hat mich aufgewühlt. Mein Vater war kein Säufer und Versager. Oder doch? Das Schlimme ist, dass ich langsam vergesse, wie mein Vater war. Es ist alles schon so lange her. Bis auf die einzelnen kostbaren Bilder in meinem Kopf von den Momenten, als er mir vorgelesen hat, ist vieles verschwommen. Die Erzählungen meiner Familie vermischen sich mit dem, wovon ich glaube, es erlebt zu haben. Dass meine Mutter beharrlich schweigt, hilft da auch nicht. Ich würde so gerne mit jemandem darüber reden, wie mein Vater wirklich war. Aber Flaviu ist sowieso zu Onkel Petru übergelaufen, mein kleinster Bruder kann sich kaum an ihn erinnern und meine Mutter will einfach nicht über ihn sprechen, warum, weiß ich auch nicht. Und wenn ich Oma Adela frage, sagt sie immer: »Dein Vater war ein Held.« Aber warum er ein Held war, sagt sie nicht. Und das ist für mich das Unerträglichste: diese nagende Ungewissheit.

Mein Blick verfängt sich in den trägen Strudeln des Gewässers vor mir, Spiralen, die sich ständig aufzulösen und gleichzeitig wieder neu zu bilden scheinen. Sie

haben etwas Hypnotisches. Ein kleiner Teil in mir überlegt, wie es wäre, sich einfach in diese Strudel hineinzu-
legen und von ihnen davontragen zu lassen.

10. MÜLLHALDE

Die Türkette klickert und das obere Türschloss wird umständlich entriegelt. Das Gesicht des Nebelwals schiebt sich in die Türspalte. Hohe Stirn, auf der eine Brille mit dickem schwarzem Rand thront, dahinter ein Kranz weißer Haare, die wie Federn eines verschreckten Kükens in alle Richtungen stehen, am Kinn ein Mehrere-Wochen-Bart, deutlich dichter und dunkler als das Haupthaar, gespickt mit Resten vergangener Mahlzeiten. Zwei blaue, um die Iris herum leicht gerötete Augen in einem überraschend jungen Gesicht schauen mich verstört an, als wüssten sie nicht, warum wir uns gegenüberstehen.

»Gute Morgen, ich Ioana, ich Putzfrau, was kommt von PSA.«

Seine Augen gleiten über mein beeindruckendes Outfit. Ich habe mich mit meinem Putzfrauen-Styling echt ins Zeug gelegt.

Der Trainingsanzug aus den 8oer-Jahren stammt aus einem Secondhandladen. Er schillert in Lila-Grün und knistert bei jeder Bewegung. Ich würde es nicht wagen, ihn neben dem Zapfhahn einer Tankstelle zu tragen.

Ein schön dezentes, aber dennoch gut sichtbares Damenbärtchen in Beige ziert meine Oberlippe, mein Brillengestell harmoniert auf verstörende Weise mit dem Trainingsanzug.

Ich bin in der Agentur für die Berufskleidung verantwortlich und hatte seit Langem nicht mehr so viel Spaß, unsere Tarnkleidung zu präsentieren. Sie wirkt. Wie immer.

Er nimmt meine Hand und zieht mich mit einem kräftigen Ruck in das Vorzimmer. Dann streckt er sein blasses Gesicht zur Tür hinaus, scannt das Stiegenhaus in alle Richtungen und schließt die Tür mit sämtlichen Riegeln.

Wir stehen uns in dem dämmrigen Vorraum gegenüber. Er schaut mich nochmals zweifelnd an und fährt sich nachdenklich durch die weißen Federhaare, bemerkt, dass sie in die Luft stehen, und beginnt, sie zurechtzuraufen, sodass sie ebenso verwirrt, aber in einer anderen Richtung zu liegen kommen.

Ich hole meine Agenturpapiere und den Ausdruck des Auftrags heraus und gebe sie ihm.

Er zieht seine Brille von der Stirn herunter, mustert die Papiere, sagt: »Hm, hm«, und verschwindet murmelnd in ein anderes Zimmer, aus dem er nicht zurückkehrt.

Ich denke mal, ich kann an die Arbeit gehen. Ein Set Basis-Reinigungsmittel habe ich mitgebracht. Mein erster Task ist, die Räumlichkeiten abzuchecken und einen Staubsauger, Besen, Eimer et cetera zu finden. Ich ziehe meine Gesundheitsschlapfen an und beginne mit der Wohnungserkundungstour.

Im Wohnzimmer prangt mir eine Bücherwand entgegen, die der Nationalbibliothek alle Ehre machen würde. Nur dass diese hier wesentlich belebter aussieht. Die Bücher sind teils gestapelt, teils aufgestellt, teils aufgeschlagen. Überall kleben Post-its. Vor dem Regal türmt sich eine Reihe Bücher, die ungefähr bis zur halben Höhe des Regals reicht, davor noch zwei niedrigere Reihen. Der Esstisch beim Fenster ist ebenso mit Büchern übersäht. Man kann ohne Zweifel behaupten, dass dieser Mensch Bücher liebt. Hier kann auf jeden Fall ein Manuskript verloren gehen. Ich seufze. Eine Fortsetzung der Nationalbibliothek. Nur dass keine rachsüchtige Ex-Ehefrau die Bücher versteckt, sondern ein durchgeknallter Künstler.

Mein Blick schweift zum Plafond und den Ecken des Zimmers. Ich vermute vier Wochen ungestörtes Weben der ansässigen Spinnentiere. Der bodennahe Lurch lässt ein ähnliches Zeitfenster erahnen.

Die Küche erinnert mich an meine Freundin Millie. Es befinden sich deutlich weniger Tassen im Schrank als außerhalb.

Wirklich krass ist das Badezimmer, dessen Fliesen und Spiegel völlig mit Post-its zugeklebt sind.

Das wird heiter. Ich habe die Wahl, entweder alle Post-its zu nummerieren, auf die Reinigung des Bads zu verzichten oder einen Nervenzusammenbruch meines Auftraggebers zu riskieren, indem ich ihm alle Zettelchen fein säuberlich gestapelt auf den Schreibtisch lege. Ich kichere leicht hysterisch. Das wäre schon lustig und ich käme rasch zu einem neuen Auftrag, weil er sicher nie wieder eine Putzkraft zur Tür hereinließe.

Ich beginne mit der Küche, weil die noch am normalsten ist, und außerdem brauche ich dringend einen Kaffee. Die Kaffee-Kur der vergangenen Tage hat den notwendigen Mindestbedarf an Koffein in meinem Blut drastisch erhöht. Ich stelle meinen eigenen kleinen Ibrik, den ich immer mitnehme, schon einmal auf, während ich beginne, das Geschirr zusammen- und in den Geschirrspüler zu räumen. Der Duft nach Kaffee hilft auch schon. Meine Lebensgeister beginnen zu erwachen. Auch die Arbeitsroutine tut mir gut. Ich bemerke, dass ich das in der Sterilität der Nationalbibliothek vermisst habe. In den privaten Zimmern von jemandem aufzuräumen, ist eine spannende Art, einen Menschen kennenzulernen. Der Maestro sammelt Häferl aus unterschiedlichen Orten der Welt. New York, Santiago de Chile, Kapstadt, Singapur. Es gibt auch eines aus Bukarest und es ist sogar mehrere Male abgeschlagen. Er benutzt es also gerne. Mein Herz beginnt, sich für Kalimero zu erwärmen. So nenne ich ihn, weil er mit seinen weißen Haarfedern aussieht wie ein verschrecktes Küken und weil alle unsere Kunden in der Agentur aus Sicherheitsgründen unter Alias-Namen laufen, deren wahre Identität nur die zuständige Agentin kennt.

Als der Kaffee den Ibrik hinaufschäumt, weiß ich bereits, dass Kalimero Müsli frühstückt, Rotwein trinkt und sich den Rest des Tages von unterschiedlichen Nudelsorten oder Lieferessen zu ernähren scheint.

Ich gieße zwei Tassen des dicken schwarzen Gebräus ein und mache mich auf die Suche nach ihm. Er kann eigentlich nur in dem letzten Zimmer sein, das ich noch nicht gecheckt habe. Ich klopfe und öffne eine Tür am Ende des Korridors. Und halte kurz die Luft an. Sie als stickig zu bezeichnen, wäre die Untertreibung des Jahrhunderts. Das Arbeitszimmer ist ein langer enger Schlauch und beherbergt circa noch einmal so viele Bücher wie das Wohnzimmer. Ich beginne, eine Abneigung gegen sie zu entwickeln. Kalimero sitzt in einem

Lehnsessel, die Füße auf das Fenstersims gelegt, und starrt hinaus.

»Du magen Kaffee?«

Zunächst keine Reaktion, doch dann beben seine Nasenflügel. Er dreht seinen Kopf, die weißen Haarfedern wippen. Sein Blick wird klarer. »Mhm.«

Ich stelle ihm die Tasse auf den Schreibtisch und nutze die Ablenkung. »Ich offnen Fenster. Is gut? Nix gut riechen.« Ohne auf die Antwort zu warten, entriegle ich die großen alten Kastenfenster und lasse die unheimlich frische Frühlingsluft herein. Halleluja, Sauerstoff.

»Aaaaaah, das war gut«, Kalimero starrt verträumt in die leere Tasse. Es ist das erste Mal, dass ich seine Stimme höre, und ich mag sie. Sie hat diesen resonanten, kernigen Klang einer ausgebildeten Theaterstimme. Etwas, an dem die Schüler, die ich kennengelernt habe, noch einige Zeit lang arbeiten werden müssen.

»Ist das türkischer Kaffee?«

»Ist Kaffee Română ... Weißt du? Aus Romania, wie ich«, antworte ich stolz.

Der Maestro sieht mir das erste Mal, seit ich die Wohnung betreten habe, wirklich in die Augen und sein ganzes Wesen verändert sich. Das davor reglose Gesicht wirkt belebt und interessiert. »Aah, Rumänien, Paul Celan, Eugene Ionescu.«

Wir nicken uns in schweigendem Einverständnis zu.

Ich weiß, dass ich es dabei belassen und in meine Putzfrauen-Anonymität abtauchen sollte, aber mein Mund hat andere Pläne.

»Das Wort hindert das Schweigen daran, zu sprechen. Das Wort betäubt. Statt Tat zu sein, tröstet es uns, so gut es kann, über unser Nichtstun hinweg«, zitiere ich und komme mir dabei vor wie ein Papagei, der nur einen einzigen Satz sagen kann. Zu meiner Verteidigung muss ich vorbringen, dass mir dieser Satz ja schon einmal das Herz zum Theatervolk geöffnet hat, und ich muss hier irgendwie vorankommen.

Der Blick des Regisseurs erinnert mich an jenen von Elias, dem Schauspielschüler. »Wie war noch mal Ihr Name?«

Oje, das war's mit meiner Unsichtbarkeit. Ein zweites Mal nach meinem Namen fragen normalerweise nur die Hausfrauen, damit sie ihn laut schreien können, wenn ihnen etwas nicht passt.

»Ioana«, murmle ich und fange an, am Bücherregal herumzuwischen. »Du vieles Bucher, is nix leicht finden, wenn suchen«, versuche ich wenigstens, das Gespräch in die richtige Bahn zu lenken.

»Mein Bücherregal ist der einzige Ort auf dieser Erde, in dem ich mich wirklich zurechtfinde.« Er greift zielstrebig in den mittelhohen Stapel am Boden vor dem Regal und holt ein Buch von Ionescu heraus, schlägt eine Seite auf, liest daraus vor und fordert mich auf, den Absatz nachzusprechen. Ich tue ihm den Gefallen, während ich weiter abstaube, baue extra ein paar Aussprachefehler ein, die er korrigiert. So geht das den halben Nachmittag. Er kommt immer mehr in Fahrt, schreibt sich Absätze auf und ruft: »Das ist gut, das kann ich einbauen.« Er entpuppt sich als Enzyklopädie für Formen des menschlichen Zusammenlebens. Ich gebe ihm hin und wieder etwas zum Halten, als ich bei den obersten Regalen angekommen bin. Wir arbeiten wie ein Team und es macht auch mir Spaß. Als ich auf die Uhr blicke, bekomme ich einen Schreck, denn ich habe nur noch gut 20 Minuten, um zu einem Termin mit Evelyn in die Agentur zu fahren.

Ich rufe ihm zu: »Mussen gehn«, packe meine Sachen und bin schon bei der Eingangstür.

»Wann kommen Sie wieder, Ioana?«, höre ich ihn hinter mir herrufen.

»Ubermorgen.«

Er hat meinen Namen richtig ausgesprochen.

11. ORKAN

»Da bist du ja endlich«, fährt mich Susi, Evelyns Vor-
zimmerdrachen, an, als ich die Agentur betrete. Ich bin
zwei Minuten zu spät. Susi schubst mich in das Büro
ihrer Chefin hinein und schließt die Tür hinter mir. Evelyn steht am Fenster ihres Büros und sieht komisch aus.
Hat sie … geweint? Meine Welt ist erschüttert. Ich wusste
nicht, dass Evelyn weinen kann. Also, schon klar, jeder
weint einmal. Aber nicht Evelyn. Oder doch? Vielleicht
hat sie ja auch nur eine Allergie.

Neben der Tür sitzt eine gedrungene kleine Frau, die
aussieht wie ein Minisumoringer. Ich habe sie hier noch
nie gesehen. Sie sieht mich nicht an, sondern schaut
stoisch an die Wand gegenüber.

»Setz dich bitte, Ioana«, sagt Evelyn. Ihre Stimme
klingt angespannt.

Ich merke, wie meine Hände zu schwitzen beginnen,
und fange an, über mögliche Fehler, die ich mir zuschul-
den habe kommen lassen, nachzudenken. Mir fällt so einiges ein, aber nichts, was meine Entlassung rechtfertigen
würde.

»Ioana, ich muss dich um etwas bitten. Es geht um meine
Mutter.« Ach du Scheiße, Evelyns Mutter ist gestorben.

»Es tut mir leid, dass ich dir das umhänge. Es gehört
eigentlich nicht zu deinen Aufgaben, aber ich brauche

jemanden, dem ich vertrauen kann.« Sie streicht sich die Haare nach hinten und strafft sich ein wenig.

»Ja klar, was auch immer du möchtest.« Ich fühle mich geehrt, obwohl ich noch nicht weiß, worum es genau geht.

»Es hat sich in der Agentur etwas ereignet, das …« Ich höre, wie sich der Minisumoringer räuspert.

»Nun ja, du wirst später noch genauer erfahren, worum es geht. Und leider steht heute Nachmittag die Übersiedlung meiner Mutter ins Altersheim an.«

Na super. Ich werde als Seniorentaxi gebraucht. Langsam hängen mir meine »Spezialaufträge« zum Hals heraus.

»Du kennst sie ein bisschen und sie dich auch. Du weißt, wie störrisch sie sein kann. Deswegen bitte ich dich, sie abzuholen und in die Seniorenunterkunft zu bringen und in nächster Zeit hin und wieder nach ihr zu sehen. Susi wird dir noch die genaue Adresse geben.

»Ja klar, mach ich«, sag ich ein wenig lahm und frage mich, über welchen Zeitraum sich »die nächste Zeit« erstrecken mag.

»Danke … ich … danke.« Evelyn kaut an einem Fingernagel. Auch eine völlig unbekannte Eigenart.

»Geht es dir gut?«, frage ich vorsichtig.

Evelyn lacht hart, wobei das Lachen fast wie ein Schluchzen klingt. Ich sehe, wie Zorn in ihren Augen aufblitzt, den sie jedoch sofort wieder unter Kontrolle hat.

»Geh jetzt, Ioana, nimm an dem Meeting teil … und danke!« Irgendetwas versucht mir Evelyn mit ihren Augen zu sagen, aber ich verstehe es nicht.

Ich nicke, und als ich ihr Büro verlasse, wartet schon Ramesh vor der Tür. Auch er sieht angespannt aus. Er nickt mir nur kurz zu und betritt Evelyns Büro.

Ich scanne den Konferenzraum, der wieder bis zum Bersten gefüllt ist. Millie sitzt an unserem angestammten Platz auf der Fensterseite und winkt mir lächelnd zu. Mein Herz wird warm. Wir umarmen uns und kurz ist alles so wie immer. Millie hat sich schon zwei fette Stücke Marmorgugelhupf gesichert. Der Staubzuckerrand um ihren Mund verrät mir, dass es vorher noch mehr waren. »Aus der neuesten Kollektion von Guido Maria Kretschmer?«, grinst Millie mit einem Blick auf meinen grünlilafarbenen Polyester-Trainingsanzug.

»Prada«, witzle ich zurück und denke, dass das durchaus nicht unwahrscheinlich ist. Trainingsanzüge halten langsam Einzug in die Modewelt. Wir werden uns bald etwas Neues überlegen müssen.

Eigentlich herrscht in unseren Agentur-Meetings Zivilkleidungspflicht, aber heute dürften einige Agentinnen direkt aus dem Einsatz gekommen sein. Im Versammlungsraum wimmelt es von skurrilen Outfits. Auch Millie hat noch ihr buschiges Augenbrauen-Toupet und ihr Damenbärtchen im Gesicht, die ich ihr gebastelt habe. Sie sieht damit aus wie Frieda Kahlo vom Balkan. »Weißt du, was mit Evelyn los ist?«, frage ich sie.

»Nicht genau … Ich befürchte, nichts Gutes«, antwortet sie ernst.

Die Tür fliegt auf und Evelyn kommt herein, gefolgt von Ramesh und der Sumo-Frau.

Innerhalb von Sekunden herrscht Totenstille im Raum.

Evelyn räuspert sich, und als sie spricht, ist ihre Stimme rau. »Geehrte Kolleginnen und Kollegen, mit sofortiger Wirkung übernimmt unser Kollege Ramesh Nidari die Leitung der PSA Wien.«

Immer noch Totenstille.

Dann ein allgemeiner Aufschrei des Protests, tumultartiges Durcheinander. Millie und ich schauen uns entsetzt an.

Evelyn hebt die Hand. »Ich darf nur so viel sagen, bitte habt Vertrauen. In unsere langjährige Zusammenarbeit und das Versprechen, dass sich alles aufklären wird. Arbeitet genauso engagiert und kompetent mit Ramesh zusammen, wie ihr es mit mir getan habt. Ramesh, viel Glück!«

Evelyns Gesicht ist versteinert, als sie den Raum, dicht gefolgt von der Sumoringerin, verlässt. Kurz nachdem die Tür zuschlägt, bricht ein Orkan los.

Ramesh tritt nach vorne, dorthin, wo eben noch Evelyn gestanden hat, und versucht nicht einmal, den Orkan zum Schweigen zu bringen. Doch vielleicht ist es gerade seine ruhige, abwartende Haltung, die schließlich dazu führt, dass sich doch alle wieder einkriegen und ihn erwartungsvoll anstarren. Wir brauchen eine Erklärung. Evelyn ist unser Urgestein, die Mutter der Agentur. Keiner von uns kann sich erinnern, dass sie einmal nicht da gewesen wäre. Für mich ist sie der Inbegriff von Integrität, der Fels in einer Welt von Abgründen.

So ruhig er auch äußerlich wirkt, scheint Ramesh doch nervös zu sein, denn er streut mehr englische Wörter ein als gewöhnlich. »Werte Agents, ich kann euch nicht nennen die Gründe für Evelyns Suspendierung im Moment, denn in der anstehenden Investigation jede Einzelne von euch wird befragt. Aber ich bin 100 percent sicher, dass die Vorwürfe, die gegen sie erhoben wurden, sich als haltlos erweisen werden und sie in no time wieder an unserer Spitze steht.«

Okay, das beunruhigt mich jetzt mehr, als mich, wie von Ramesh beabsichtigt, zu beruhigen.

»More important ist aber, dass wir mit die aktuelle Fall weitergehen. Das ist Evelyns order und wir alle helfen ihr am besten, wenn wir hier Erfolg haben.

12. FATUSHE ZIEHT AUS

Fatushe sieht von Weitem aus wie eine junge Frau. Sie hat vermutlich seit den 60er-Jahren den gleichen Pixie-Haarschnitt, blond gefärbt. Auch im Körperbau ähnelt sie den damaligen Models, klein, zart, biegsam. Ihre Kleidung ist makellos, als würde sie zu einem Fernsehinterview fahren. Vermutlich, weil sie denkt, dass wir das tun. Jedenfalls hat mir Susi gesagt, dass sie Fatushe das erzählt habe, damit ich sie aus dem Haus bekomme.

»Ioana, wie nett«, begrüßt sie mich. »Sie sehen müde aus. Wie geht es Ihrer bezaubernden Großmutter?« Ich bin baff. Es ist so erstaunlich, wie das menschliche Gehirn funktioniert. Sie weiß nicht, was sie zum Frühstück gegessen hat, aber erinnert sich an Oma Adela. Scheint, als habe sie einen guten Tag.

»Was ist das für eine blödsinnige Geschichte von Evelyns Bulldogge, dass wir zu einem Fernsehinterview fahren?«

Ich beiße mir auf die Lippen, um nicht laut zu lachen. Fatushe war schon immer sehr direkt. Die Tatsache, dass sie Susi genauso wenig leiden kann wie Millie und ich, macht sie mir noch sympathischer. Nur was erzähle ich ihr jetzt?

Ich versuche, mich so nahe wie möglich an der Wahrheit entlangzuhangeln. »Evelyn ist im Moment auf einer heiklen und geheimen Mission im Ausland und sie braucht dringend Ihre Unterstützung, weil es mögliche Infiltrationen in der PSA gibt. Es gibt ein Pensionistenheim, in dem sie TEA-Aktivitäten vermutet, und wir müssen Sie dort unterbringen, damit Sie recherchieren können, Fatushe.«

Ich spüre eine Gänsehaut, als ich die Abkürzung der gefürchteten Organisation ausspreche.

Fatushe sieht mich mit einem Röntgenblick an, der langjährige Erfahrung signalisiert. Ich weiß jetzt, woher Evelyn ihre magische Augenbraue hat.

»So was würde ich jemandem erzählen, um ihn ins Altersheim abzuschieben. Aber Sie würden mich nicht belügen, nicht wahr, Ioana?«

Ich glaube, ich werde rot bis zu den Haarwurzeln, und spüre, wie mein linkes Augenlid nervös zu zucken beginnt. »Nnnein, das würde ich nie wagen, Fatushe.«

»Gut, dann gehen wir. Ein paar Tage Ortswechsel werden mir guttun.« Sie nimmt ihre elegante Handtasche sowie eine kleine Reisetasche, sperrt hinter sich zu und läuft vor mir her zum Taxi. »Wer ist eigentlich diese Fatushe, von der Sie immer reden?«, fragt sie, und als ich sie sprachlos anstarre, kichert sie. »Nur Spaß, Kleines.«

Als wir die Aula der »Seniorenresidenz« betreten, schallt uns »Ein Schiff wird kommen« entgegen. Drei Clowns stehen in der Ecke vor einer Sitzgruppe, klimpern auf der Ukulele und singen mit Inbrunst, während sie sanft hin und her wippen wie die Backgroundsängerinnen einer 60er-Jahre-Band. Das Interesse der anwesenden Senioren ist unterschiedlich. Manche dösen vor sich hin. Der

Blick des einen ist mit der Körperanatomie des weiblichen Clowns beschäftigt. Eine Frau singt immer einzelne Worte mit. »Schiff ... den Eeiiinen ... glücklich maaacht.« Ich bewundere die stoische Unbekümmertheit der jungen Clowns, mit der sie ihre Darbietung vortragen.

Während wir von einer Dame der Verwaltung zum Zimmer geleitet werden, bekomme ich eine Kostprobe der Verhörkünste von Fatushe. Die junge Angestellte versucht vergeblich, auf die Annehmlichkeiten ihres Instituts hinzuweisen, stattdessen gibt sie Informationen über die Administration, das Personal, die Eigentümerstruktur und die Bewohner preis, von denen sie nicht einmal wusste, dass sie sie hat. Als wir am Ende des Korridors sind, ist sie genauso schweißgebadet, wie ich es immer nach Gesprächen mit Evelyn bin.

Am Zimmer angekommen, betrachtet Fatushe nicht die Einrichtung, wie das vielleicht ein normaler Mensch machen würde, sondern checkt den Ausblick aus dem Fenster, klopft die Mauern ab, um zu hören, wie hellhörig sie sind, überprüft Lampen und Nachtkästchen mit einem kleinen Handgerät auf Wanzen. Als die Angestellte sie fragt, ob ihr das Zimmer gefällt, antwortet sie: »Junge Frau, ich habe schon in Erdhöhlen gehaust, das hier ist vollkommen ausreichend. Ich bleibe ja auch nicht lange.« Damit verschwindet Fatushe wortlos im Bad. Den Geräuschen nach zu urteilen, beginnt sie dort, die Toilette zu putzen.

»Aha ... ja fein, Sie können jederzeit bei der Rezeption anrufen, wenn Sie etwas benötigen«, ruft die Verwaltungsdame ins Bad hinein und tritt mit gerötetem Gesicht den Rückzug an.

13. WORTZAUBEREI

»Endlich sind Sie hier«, Kalimero steht an der weit geöffneten Wohnungstür und sieht mir ungeduldig dabei zu, wie
ich die letzten Stiegen hinaufstolpere. Der sch… Lift ist
kaputt. Der Regisseur hat ein graues Leinenhemd an und
eine Hose, mit der man sogar auf die Straße gehen könnte.
Seine weißen Federhaare stehen zwar wieder in alle Richtungen, was strukturell nicht anders möglich scheint, aber
sein Bart sieht getrimmt aus und ich kann keinerlei Essens-
reste in ihm erkennen. Er sieht aus wie ein anderer Mensch.
Und die Begrüßung »Endlich sind Sie hier« kenne ich sonst
nur von Müttern, die ferienbedingt eine Woche lang die
Gesellschaft ihrer Kinder genossen haben und darauf warten, dass ich ihr Zuhause wieder bewohnbar mache.

Er zieht mich ins Vorzimmer hinein, diesmal nicht
aus einem paranoiden Impuls heraus, sondern weil er
es eilig hat.

»Können Sie bitte Ihren wunderbaren Kaffee kochen
und dann schnell in mein Arbeitszimmer kommen? Wir
werden ihn brauchen.« Er eilt in Richtung Arbeitszimmer und singt leise »Joanna … I love you« von Kool &
the Gang. Ich hasse dieses Lied.

Ich frage mich, ob ich gerade Zeugin einer bipolaren
Störung in der manischen Phase bin oder es einen kon-
kreten Grund für diesen Stimmungsumschwung gibt.

Fünf Minuten später betrete ich mit meinem köcheln-
den Ibrik und zwei Kaffeetassen das Arbeitszimmer des
Regisseurs und schaffe es nur mit Mühe, nicht alles fallen zu lassen. Die gesamte Bücherwand ist über und
über beklebt mit Post-its. Wenn das überhaupt möglich ist, stapeln sich noch mehr Bücher in zweiter, drit-
ter und vierter Reihe vor dem Regal. Vielleicht ist der
Lift kaputt, weil der Postbote, der während der letzten
zwei Tage Hunderte Bücher liefern musste, mit ihm stecken geblieben ist.

Auffallend sind auch die vielen Papierstöße mit aus-
gedruckten Skripten. Ich überlege, einen Ohnmachtsan-
fall zu simulieren, das wäre nicht mal gelogen, denn die
Menge an abzustaubenden Objekten in diesem Raum
verursacht bei mir ein starkes Schwächegefühl.

»Oooooooh, das riecht großartig!« Kalimero nimmt
mir den Ibrik aus den erstarrten Fingern und schenkt uns
beiden eine Portion Kaffee ein. Dann dirigiert er mich
zu einem Stuhl und drückt mich hinein. Rein aus Reflex
imitiere ich ihn und trinke gemeinsam mit ihm den heißen, starken Kaffee.

»Ioana, Sie haben mich gerettet«, sagt Kalimero und
lehnt sich vor, um mir durch seine dunklen Brillenrän-
der tief in die Augen zu schauen. Sieht aus wie Fenster-
glas, denke ich. Banale Beobachtungen helfen mir immer
in Extremsituationen.

»Super«, flüstere ich mit schwacher Stimme.

»Als wir letztes Mal das Bücherregal ausgeräumt haben,
habe ich danach ein Skript gefunden, das ich schon lange
gesucht hatte. Und das gab mir mit einem Mal die Kraft
weiterzusuchen. Ich habe eine Woche lang alle Bücher-

regale hier und im Keller durchforstet und endlich ist ›es‹ aufgetaucht.« Er strahlt über das ganze Gesicht.

Ich frage mich, was »es« sein könnte. Ein unbekanntes Stück, ein Text, ein philosophischer Gedanke? In jedem Fall bin ich beeindruckt von der Intensität, mit der er scheinbar für seine künstlerische Arbeit brennt.

»Ich habe ›es‹ gefunden und weiß jetzt, dass ich nicht verrückt bin«, sagt er und kramt in einem Papierhaufen.

Ich bin mir da noch nicht so sicher, stänkert eine Stimme in meinem Kopf und eine andere hofft inständig, dass er »es« nicht gleich wieder in dem Blätterhaufen verloren hat.

»Da!« Er hält ein fingerdickes Bündel Papiere in die Höhe, das von einer Schnellhefter-Klammer zusammengehalten wird.

Er sieht mich an und lehnt sich zurück. »Ioana, ich weiß nicht, warum, aber ich vertraue Ihnen.«

Ich schlucke und denke: Bruder, du hast echt schlechte Instinkte.

»Ich werde Ihnen jetzt etwas erzählen, das Sie keiner Menschenseele weitersagen dürfen, weil Sie sonst möglicherweise in Gefahr sind.«

»Is gut«, nicke ich, mache ein Zippverschluss-Zeichen vor meinen Lippen und spitze meinen geistigen Bleistift an.

»Ich arbeite zurzeit mit meinem Ensemble an einer Uraufführung, die im August stattfinden soll. Wir waren mitten in den Proben mit dem Hauptdarsteller Georg Binder. Dann plötzlich gibt er einen großen Monolog, der den inneren Kampf seiner Figur widerspiegelt, auf einmal völlig verändert wieder. Zuerst hab ich geglaubt, dass der Binder kreativ sein will. Er kann eine egozentrische Diva sein. Ich habe ihn höflich gebeten, sich gefälligst an den Text zu halten. Da hat er mich angefahren, dass er das tue. Wir haben uns ausgiebig wissen lassen, was wir voneinander halten. Ich war kurz davor, eine Trennung vorzuschlagen, als mich der Rest des Ensembles darauf hingewiesen hat, dass der Text genau so, mit Punkt und Beistrich, in den Textbüchern stehe. Ich wurde unsicher und begann nachzulesen.«

Ich merke, dass wir zum Kern der Geschichte vordringen, denn Kalimero rauft sich exzessiv die Kopffedern. Mir drängt sich der Verdacht auf, dass seine Kopfbehaarung langfristig keine Chance hat.

»Ioana, der Text war komplett verändert. Ich wusste das mit hundertprozentiger Sicherheit, denn bevor ich mit Proben beginne, setze ich mich intensiv mit den Texten auseinander. Ich kann sie beinahe auswendig. Kenne die Wendungen, weil ich sie zerlegt und analysiert habe. Ich arbeite mit Post-its, wie sie vielleicht schon bemerkt haben.«

Ich schnaufe durch meine Nasenlöcher, um zu verhindern, dass ich in hysterisches Schluchzen ausbreche. Noch kann ich seine Aufregung nicht nachvollziehen. Das klingt nach einem Streich, den ihm vielleicht das Ensemble spielen wollte. Einzelne Seiten auszutauschen, ist keine Kunst.

»Sie denken sicher, dass es keine Kunst wäre, einzelne Seiten auszutauschen«, fährt Kalimero fort. »Aber wer hätte das tun sollen? Und warum? Es wurde meine Mission zu beweisen, dass der Text davor ein anderer war, und ich habe sämtliche Textexemplare, die auffindbar waren, durchgelesen. Die Onlineausgaben in den Datenbanken. Auch gebundene Textbücher, die in den Bibliotheken hinterlegt sind. Wir hatten sogar eine Videoeinspielung von dem Text, denn er sollte zu späterem Zeitpunkt über die Leinwand als Stimme aus dem Off eingespielt werden. Alle waren abgeändert.«

Ich versuche, das Gehörte zu sortieren. Es klingt unwahrscheinlich und verrückt. Vielleicht doch eine milde Form der Geisteskrankheit?

»Und wissen Sie, Ioana, was das Seltsamste war? Als ich den Text auf der Videoaufzeichnung hörte, wusste ich auf einmal, woher ich ihn kannte.« Kalimero steht jetzt am Fenster und spielt mit der Jalousie. Auf. Zu. Auf. Zu. Auf. Ich bin kurz davor, ihm das Stäbchen aus der Hand zu reißen.

»Das waren die Worte meines Vaters«, sagt er.

»Deine Papa is Schriftsteller?«, frage ich völlig perplex.

»Nein. Mein Vater war Bauer. Aber wenn ich als Kind in meine fantastischen Welten abtauchen wollte, hat er mir immer einen Vortrag darüber gehalten, wie wichtig es sei, mit der Erde in Verbindung zu stehen. Er hat mich aufs Feld geschliffen, meine Hände tief in die Erdschollen gestoßen und geschrien: »Das ist deine Mutter, Herbert. Fühlst du, wie sie lebt? Ein Stück Grund zu besitzen, ist das einzig wahre Glück eines Mannes.«

Ich bin verwirrt. »Du heißen Herbert?«

Er nickt. »Als ich ganz klein war, hat mich das immer durcheinandergebracht. Meine Mutter war kurz nach meiner Geburt gestorben und eine Zeit lang dachte ich tatsächlich, ich sei aus der Erde herausgewachsen wie die Erdäpfel, die wir vier Tage die Woche gegessen haben. Später habe ich einen ausgeprägten Widerwillen gegen beides entwickelt. Die Erdäpfel und Mutter Erde. Ich wollte Baguette mit Camembert essen und nie wieder schwarze Ränder unter meinen Fingernägeln haben. Mein Vater war sein Leben lang enttäuscht von mir. Oscar Bydlinsky ist mein Künstlername, eigentlich heiße ich Herbert Gruber«, fügt er atemlos hinzu.

Kalimero-Oscar-Herbert starrt eine Zeit lang zum Fenster hinaus und kurz habe ich den Eindruck, er könne wieder in seinem geistigen Exil landen, in dem ich ihn am ersten Tag vorgefunden habe. Ich überlege, wie ich ihn aufmuntern könnte. »Kochen Kaffee?«

Er schmunzelt und nickt. »Ja, gerne.«

Ich verschwinde in der Küche und stelle den Ibrik auf. Evelyn hatte recht. Das ist ein sehr skurriler Fall. Aber was soll's, wenigstens ist er nicht langweilig.

Als ich zurückkomme, blättert Kalimero in einem Textbuch.

Es ist gespickt mit gelben Post-it-Zetteln und auf der aufgeschlagenen Seite ist ein Absatz rot unterstrichen. »Das ist das einzige Skriptum, das den Originaltext enthält. Das mir beweist, dass ich nicht wahnsinnig bin.«

Ich mustere ihn und finde, dass er schon ein bisschen wahnsinnig aussieht mit den steil zu Berge stehenden weißen Haarbüscheln. Aber mein Gefühl sagt mir, dass er es nicht ist.

Er reicht mir noch ein zweites, ähnliches Manuskript. Auch hier ist der gleiche Absatz rot unterstrichen. Da steht: »Das ist deine Mutter. Fühle den Leib von Mutter Erde. Ein Stück Grund zu besitzen, ist das einzig wahre Glück eines Mannes.« Ich schaue abwechselnd die beiden Seiten an und bin fasziniert. Folgende Fragen stelle ich mir: Warum zur Hölle sollte sich irgendjemand die Mühe machen, heimlich ein Theaterstück umzuschreiben und sämtliche Textexemplare des Stückes abzuändern? Wäre das technisch überhaupt möglich? Werde ich nach dieser Kaffee-Überdosis jemals wieder schlafen können? Und woher kennt der Fälscher die persönlichen Worte von Kalimeros Vater?

Wir beratschlagen, wie wir weiter vorgehen. Für übermorgen ist erstmals nach Kalimeros Zusammenbruch wieder eine Probe anberaumt und wir vereinbaren, dass ich, als Regieassistentin getarnt, mitkomme. »Ab jetzt werden wir uns duzen, Ioana, das macht man nämlich beim Theater, einverstanden? Ich bin Oscar.« Er hält mir die Hand hin und ich schüttle sie. Ein paar Alarmglocken läuten in meinem Kopf. Zu vertraut mit einem Observationsobjekt.

»Als Regieassistentin musst du deine Sätze ein bisschen korrekter formulieren, Ioana. Halte sie kurz. Subjekt, Prädikat, Objekt ... vielleicht ein kleines Adjektiv. Nicht mehr.« Er klopft mir aufmunternd auf die Schulter, als wäre das eine reine Entscheidungsfrage, was es in meinem Fall ja auch ist, aber das weiß er nicht. Ich finde es schmeichelhaft, dass er denkt, ich wüsste, was Subjekt, Prädikat und Adjektive sind.

14. SUSI NERVT

Auf dem Heimweg mache ich einen Abstecher in die Agentur, um mich mit Ramesh oder Millie über den Regisseur-Fall zu beraten. Beim Eingang begegnet mir Astrid, die mit hängenden Schultern an mir vorbeischleicht. »Hi, Astrid, alles in Ordnung?«

»Hm?« Ihre Rastalocken sind noch chaotischer als gewöhnlich und ihre Piercinglöcher sehen irgendwie wund aus. Astrid nestelt gerne daran rum, wenn sie nervös ist. Jetzt zieht sie die Schultern hoch und schaut aus, als würde sie gleich losheulen. »Ich muss gehen«, sagt sie und rennt die Stiegen hinunter.

Widerstrebend betrete ich Evelyns Vorzimmer und frage Susi, ob Millie zufällig in der Agentur ist.

Susi wirkt, als wäre sie seit Evelyns Verschwinden gewachsen.

»Ich bin die Officemanagerin der Agenturleitung, nicht eure Sekretärin. Woher soll ich das wissen?«, schnauzt sie mich an und greift mit spitzen Fingern nach meinem Zwischenbericht, den ich auf den Tresen gelegt habe.

Sie beginnt, ihn in meinem Beisein mit einem Rotstift zu bearbeiten, und kommentiert laut. »Da fehlt ein Absatz. Wo sind bitte die Beistriche? Das kann ja kein Mensch lesen. Wir schreiben ganze deutsche Sätze, Ioana, verstehen?«

Ich spüre, wie Hitze in meinem Körper aufsteigt und anfängt, bei meinen Ohren auszudampfen. Eines Tages werde ich ihr die dünnen Augenbrauen abrasieren, während sie ihren heimlichen Mittagsschlaf in der Besenkammer hält, von dem sie glaubt, dass ihn keiner bemerkt. Aber heute hab ich nicht die Kraft dazu.

Ich klopfe an der Tür zu Evelyns Büro, in dem seit Neuestem Ramesh residiert.

Susi kneift ihre kleinen Augen zusammen. »Hast du einen Termin beim Boss? Ich habe hier jedenfalls nichts im Kalender stehen. Außerdem beginnen heute die Befragungen wegen Evelyns ›Affäre‹. Er hat also keine Zeit.« Der Art, wie sie »Boss« und »er« sagt, entnehme ich, dass sie auf Ramesh steht.

Mein Mund klappt auf. Ich bin fassungslos und zu müde, um schlagfertig zu sein. Ich möchte sie nicht fragen, um was es eigentlich bei der Affäre geht, denn erstens erwarte ich von ihr keine hilfreiche Auskunft und zweitens will ich verhindern, dass sie sich noch wichtiger fühlt. Glücklicherweise wird mir ein weiterer Dialog erspart, denn im selben Moment öffnet Ramesh die Tür des Büros und wir stehen uns Nase an Nase gegenüber.

»Oh. Sorry.«

»Oh, entschuldige.«

Wir versuchen uns gegenseitig Platz zu machen, wobei wir jedes Mal gegeneinanderlaufen und ich von der dezenten Wolke eines Parfums, Deos, Haarshampoos …? Jedenfalls jener geheimnisvollen Duftmischung, die mir schon mehrmals bei Ramesh aufgefallen ist, eingehüllt werde. Das macht mich noch ein wenig orientierungsloser, als ich heute ohnehin schon bin.

»Wolltest du etwas von mir?«, fragt er und ich bemerke, dass sein sonst makelloses Hemd verknittert aussieht. Wie schön, dass ich nicht die Einzige bin, die vor lauter Müdigkeit in ihren Kleidern schläft.

»Tut mir leid, Chef, ich hab ihr gesagt, dass Sie keine Zeit haben. Mrs. Bowbridge wartet bereits im Konferenzraum auf Sie«, kräht Susi dazwischen und himmelt ihn an. Ich werde mir etwas Schlimmeres als das mit den Augenbrauen ausdenken müssen.

»Verstehe, Ioana, können wir bitte später reden? Ich kann gerade wirklich nicht.«

»Sicher«, antworte ich und spüre, wie mein Müdigkeitstroll sich wieder räkelt.

Er eilt den Korridor entlang, dreht sich aber nach ein paar Schritten um und fragt: »Übrigens, Ioana, bist du mit einer Mirela Cristea verwandt? Sie hat sich bei uns beworben.«

Ich nicke. »Ja, das ist meine Cousine.«

»Verstehe, dann werden wir sie überprüfen. Bis bald.« Er zwinkert mir aufmunternd zu und verschwindet im Konferenzraum.

Ich stehe verloren im Vorzimmer herum und fühle mich überflüssig. Zeit für eine Folge »Star Trek« auf Mamas Küchencouch, beschließe ich. Vielleicht hilft mir Captain Kirks Weisheit im Fall Oscar Bydlinsky weiter.

15. DER REGISSEUR

Die vier Schauspieler schimpfen, trällern, fauchen, schnauzen, jammern, hauchen, empören sich. Obwohl sie nur auf Sesseln im Halbkreis auf der einfach beleuchteten Probebühne sitzen und aus den Textbüchern lesen, entfaltet sich für mich ein Beziehungsdrama aus Angst vor Nähe, Angst vor Verlassenwerden, Eifersucht und gegenseitiger Quälerei. Ich bin einerseits sprachlos vor Begeisterung, anderseits fühle ich mich an sämtliche meiner vergangenen Stoß-mich-zieh-dich-Beziehungen erinnert und bin peinlich berührt. Auf jeden Fall beschließe ich, ab sofort öfter ins Theater zu gehen. Mein verzücktes Zuhören wird jäh unterbrochen, als ein Papierball auf die Bühne saust und den Hauptdarsteller am Kopf trifft. Kurz danach ein zweiter.

»Georg«, höre ich neben mir die ärgerliche Stimme von Oscar, »wie geht es dir? Hast du heute keine Lust zu spielen?«

Der blonde Hauptdarsteller schaut genauso fassungslos drein, wie ich mich fühle.

Oscar hält sich eine Lupe vor sein Auge, die bei uns am Pult gelegen ist. »Ich kann den Justus nirgendwo bei dir finden. Versuch nicht ständig, mir zu zeigen, was für ein großartiger Schauspieler du bist. Spiel endlich!« Und bevor Georg Binder etwas antworten kann, landet der nächste Papierknäuel-Ball beim zweiten Darsteller. »Und Amando? Versuch einmal, den Sam weniger schön und dafür gehaltvoll sein zu lassen.« Ich sehe förmlich, wie der schöne Amando um zehn Zentimeter schrumpft. Auch die beiden Frauen fassen Kritik aus, wenn auch etwas weniger harsch.

Ich glotze Oscar an, als hätte sein böser Zwillingsbruder neben mir Platz genommen. Böse, aber charismatisch. Von dem verwirrten, leicht chaotischen, aber liebenswürdigen Mann, den ich in seiner Wohnung kennengelernt habe, ist nichts zu sehen.

Die Schauspieler beginnen neuerlich, an der vorgegebenen Stelle zu lesen, und ich bemerke, dass die Dynamik des Beziehungsdramas noch besser funktioniert als zuvor. Die Geschichte wird immer plastischer. Wobei ein Teil des brodelnden Hasses von Justus alias Georg Binder eher an Oscar gerichtet zu sein scheint als an seinen Gegenspieler. Insgeheim hoffe ich, dass das die Strategie von Oscar war und er nicht nur ein bösartiger Sadist ist.

Mein Blick fällt auf die drei Jungschauspieler in der Ecke, die mit einer Mischung aus Grauen und Bewunderung dem Geschehen folgen.

Als Oscar und ich den Proberaum betraten, brach mir zuerst der Panikschweiß aus, weil ich Zladko mit Elias und Anna, seinen Schauspielkollegen, da stehen sah. Gott sei Dank war aber gar keine Zeit, über unsere Bekanntschaft zu sprechen. Ich erinnere mich jetzt, dass sie mir bei unserem »Theaterabend« erzählt haben, dass sie Statistenverträge im Burgtheater ergattert hatten. Das hatte ich komplett vergessen. Außerdem habe ich es in keinen Zusammenhang mit Oscar gebracht.

Ihrem Anblick nach schweben sie gerade zwischen Himmel und Hölle.

Drei Stunden später sind alle im Saal außer Oscar schweißgebadet. Oscar verlautbart völlig gelassen eine 20-minütige Pause. »Danach sehen wir uns den dritten Akt an.«

Er stapft zur Bühne nach vorne, sammelt seine Papierbälle in aller Seelenruhe ein und beginnt sie auf unserem Pult sorgfältig auseinanderzustreichen.

Die blasse rothaarige Schauspielerin, Brigitta, sprintet in Richtung Toilette. Georg Binder zündet sich eine Zigarette an und zieht daran, als hätte er seit drei Stunden nur auf diesen Moment gewartet. Die ältere Schauspielerin, ich glaube, sie heißt Rosalind, räuspert sich und schaut tadelnd auf die glühende Zigarette. Binder verdreht die Augen und verschwindet durch den Hinterausgang. Rosalind kramt kopfschüttelnd in ihrer Handtasche, nestelt eine Tablette aus einer Blisterpackung und eilt ebenfalls in Richtung Waschräume. Amando schaltet sein Handy ein und beginnt, wild zu texten. Ich schätze, dass die ein oder andere Regisseur-Beschimpfung in den Text einfließt.

Oscar diktiert mir einige Anmerkungen, die ich, so gut ich kann, in das noch intakte Textbuch eintrage.

»Kannst du mir bitte einen Kaffee aus der Kantine besorgen, Ioana?« Er lächelt mich an und zwinkert. Da ist er wieder, der liebenswürdige Oscar, den ich zu kennen glaubte.

»Klar, mach ich.« Als ich draußen den Gang entlangeile, um die Kantine zu finden, höre ich Laufschritte hinter mir. Zladko bremst sich neben mir ein und flüstert: »Ich komme mit und du musst mir *alles* über *ihn* erzählen.«

»Später, zu Hause«, raune ich zurück.

»Ist er nicht grooooooßartig?«, schwärmt Zladko. »Ich würde sterben, wenn er mir so eine Kritik gäbe wie dem Binder. Das wäre der Höhepunkt meines Lebens. Er ist ein Genie, findest du nicht?«

Zladko bekommt einen verträumten Blick. Vermutlich sieht er sich schon beim Schlussapplaus in der Hauptrolle von Richard III., inszeniert von Oscar Bydlinski.

Ich versuche, den Kantinenkoch zu überreden, einen rumänischen Kaffee zu kochen, doch er weigert sich. Also lasse ich mir zwei doppelte Espressi geben, einen für Oscar und einen für mich, und mache mich gemeinsam mit Zladko wieder auf den Weg zurück zum Proberaum.

Ich setze mich zum Regiepult, fülle die Wassergläser auf, sortiere die Zettel und Stifte und es fällt mir auf, dass beide Textbücher fehlen. Oscar muss sie in seine Pause mitgenommen haben.

Ich checke meine Nachrichten am Handy und sehe eine SMS von Susi, dass ich »dringend bei Fatushe im Altersheim vorbeischauen soll«. Ich schaue auf die Uhr. Es ist 15 Uhr, das sollte sich ausgehen, falls Oscar jetzt keinen weiteren Dreistundenmarathon einlegt.

Nach und nach trudeln wieder alle Schauspieler ein. Doch Oscar taucht nicht auf.

»Na super«, höre ich den Binder meckern, »Hauptsache, wir müssen pünktlich sein.«

Nach einer weiteren Viertelstunde bitte ich die Statisten, mir bei der Suche nach Oscar zu helfen. Wie ich ihn kenne, ist er über ein Schriftstück gestolpert, hat sich darin vertieft und vergessen, in welchem Universum er sich gerade befindet.

Ich durchforste die Garderoben, die Kantine und ein paar Nebenräume. Auf dem Weg durch die Galerie des ersten Stocks werde ich von den üppigen Kristalllustern abgelenkt, weil ich beginne zu kalkulieren, wie viele einzelne Stücke funkelndes Glas man wie lange polieren muss, um sie zum Strahlen zu bringen. Sollte mich Evelyn jemals zum Putzen in das Burgtheater einteilen, werde ich eine halbseitige Lähmung vortäuschen.

Ein krächzender Schrei holt mich jäh in die Gegenwart zurück. Er klingt nach Anna, Zladkos Statistenkollegin. »Anna?«, rufe ich, »Wo bist du?«

Ich höre ein Keuchen und »Im … im … da ist …«.

Ich folge, so gut ich kann, den erstickten Lauten bis zum oberen Ende einer Prunktreppe und erstarre. Am Fuß der Treppe hockt Anna kreidebleich und schaut mir entsetzt entgegen. Neben ihr liegt ein Bündel Kleider, ein Menschenkörper, eigenartig verdreht. Mit wackeligen Knien stakse ich die Treppe hinunter.

Auf halber Strecke erkenne ich Oscars dunkel geränderte Fensterglasbrille. Unten angekommen, knie ich mich neben die zusammengekrümmte Gestalt und stupse sie an den Schultern an. »Oscar? Alles Okay?«, frage ich völlig albern, weil mir schon sonnenklar ist, dass gar nichts okay ist. Voller Angst drehe ich den Körper so, dass ich Oscars Gesicht sehen kann. Seine Kükenhaarbüschel stehen in alle Richtungen und seine blauen Augen starren mich leblos, aber dennoch verwundert an. Meine Hände streichen zitternd seine Haare zurecht, als ob das irgendetwas verbessern würde. Ich höre das Brummen in meinen Ohren und spüre, wie mein Gesichtsfeld kleiner wird, mein Atem wird immer heftiger. Mit aller Kraft haue ich mir selbst auf mein Bein. Ich darf nicht ohnmächtig werden. Nicht jetzt. Oscar braucht mich. Ich weiß nicht wie, aber es hilft. Mein Atem beruhigt sich wieder.

Mittlerweile sind Zladko und Elias auch eingetroffen und starren blass auf Oscar herunter. Elias sieht aus, als würde er gleich umkippen, Zladko laufen die Tränen in Strömen über die Wangen. Ich wünschte, ich könnte weinen, aber ich habe nur das Gefühl, dass in meinem Kopf eine hysterische Person schreit, die nicht ich bin. Erst als ich wieder auf Oscar schaue, fällt mir das völlig verkohlte Bündel Papier in seiner Hand auf. Ich erkenne es an Resten der gelben Post-its, mit denen Oscar seine Wohnung tapeziert hat.

»Wir sollten die Polizei verständigen«, höre ich mich lautlos flüstern. Ein Teil von mir will lieber davonlaufen, als der Polizei zu erklären, dass ich seit Kurzem Oscars Regieassistentin bin, in Wirklichkeit aber seine Putzfrau, die eigentlich Agentin ist. Letzteres werde ich natürlich für mich behalten. Mittlerweile ist auch das Schauspielensemble bei uns eingetrudelt. Alle flüstern und bewegen sich kaum, als ob sie Oscar beim Schlafen nicht stören wollten. Ich verziehe mich auf die Toilette und wähle die Nummer von Ramesh.

»Ioana?«, antwortet er nach wenigen Klingeltönen. In kurzen Worten schildere ich ihm die Lage. Wir einigen uns darauf, dass ich so nahe wie möglich bei der Wahrheit bleibe, wenn ich befragt werde, und dass er nur im Notfall eingreift. Ich bekomme den Auftrag, die Geschehnisse schriftlich zusammenzufassen und am nächsten Tag zum Report in die Agentur zu kommen. Seine ruhigen, klaren Anweisungen tun mir gut. Dennoch, als ich zu Oscar zurückkehre, merke ich, dass ich am ganzen Körper zittere.

Die nächste halbe Stunde zieht wie ein Film an mir vorbei, eine Aneinanderreihung von Szenen, deren Bedeutung ich versuche zu verstehen. Der Polizeiarzt, der Oscar für tot erklärt. Der Leichensack, bei dem der Zippverschluss klemmt, weswegen mir Oscars Hand beim Abtransport zuwinkt. Die schwarz geränderte Brille, die von einem Polizeibeamten in einen Plastikbeutel gesteckt wird. Die Schauspieler, die bei der Erstbefragung tiefe Betroffenheit über das Ableben des genialen Regisseurs zum Ausdruck bringen. Selbst ich finde, dass der Binder diese Rolle schlecht spielt. Die roten Absperrbänder, die den Ort des Geschehens noch sichtbarer machen. Ich fühle mich seltsam distanziert, als würde ich einen Film verfolgen, der mich nicht betrifft.

Auf dem Heimweg mit der Straßenbahn fällt mir wieder ein, dass ich ja noch zu Fatushe in die Pensionisten-Residenz fahren sollte. Ich stöhne. Ich bin fix und fertig und würde einfach gerne schlafen. Aber mein Versprechen an Evelyn wiegt schwerer.

16. FATUSHE FLIPPT

»Ich weiß nicht, wie lange ich hier noch die Stellung halten kann, Ioana. Ich glaube, sie wollen mich umbringen.« Fatushe hat meinen Unterarm in einer schraubstockartigen Umklammerung am Tisch festgenagelt. Dabei verschiebt sie einige der Schachfiguren, die auf dem Brett zwischen ihr und ihrem Tischnachbarn, einem schlanken, weißhaarigen Heimbewohner, aufgestellt waren. Ihr Spielpartner wirkt wie ein in die Jahre gekommener Intellektueller. Sein langes schmales Gesicht wird von weißen Koteletten umrahmt und einer dicken schwarzen Hornbrille dominiert. Seine blauen Augen dahinter mustern mich mit Neugier und er nickt mir freundlich zu. Dann vertieft er sich wieder in seine Zeitschrift, bei der es sich seltsamerweise um eine PC-Zeitung handelt.

Ich wende mich Fatushe zu und versuche mich zu erinnern, wie man mit diesen Schüben der Realitätsverzerrung umgehen soll. »Wer sind ›sie‹, Fatushe? Gehört er dazu?«, flüstere ich zurück und deute auf den freundlichen Großvater an ihrer Seite.

Fatushe mustert mich mit größter Verachtung und schnalzt mit der Zunge. »Was reden Sie da für einen Unsinn, natürlich nicht. Das ist Ivan.« Kurz schaut Fatushe gedankenverloren in die Ferne, dann sammelt sie sich wieder und fügt unsicher hinzu: »Mein Ehemann.«

Ich schlucke meine Frustration hinunter. Dieses Gespräch hätte ich heute wirklich nicht auch noch gebraucht.

Fatushe sieht sich verschwörerisch um. »Berichten Sie, Ioana, wie schreitet Ihr Fall voran?«

Ich stutze. Was weiß Fatushe von meinem Fall? Aber vermutlich ist es ein alter Reflex von ihr. Schließlich hat sie jahrelang an Fällen gearbeitet und ich habe gehört, dass oft das Langzeitgedächtnis in den Vordergrund rückt, wenn das Kurzzeitgedächtnis schwindet.

Ich seufze. Ich bin zu müde, um mir irgendeine Geschichte auszudenken, daher erzähle ich ihr einfach von Oscar, dem verschwundenen Manuskript und dem Mord. Sie hat es sowieso in einer halben Stunde wieder vergessen und der Opa neben ihr dürfte sein Hörgerät abgeschaltet haben.

Fatushe nickt zustimmend. »Ich hatte auch mal so einen Theater-Fall. Schauspieler sind gefährlich, unberechenbar. Zu viel Emotion.«

Ich muss lächeln, denn da ist was Wahres dran.

»Kommen Sie in zwei Tagen wieder und lassen Sie mir Ihren Taser da. Ich bin völlig unbewaffnet.« Sie greift zielstrebig nach meiner Umhängetasche, und ehe ich es verhindern kann, hat sie tatsächlich den nagelneuen FX320-Haushaltsschwamm-Taser gefunden, den ich bei der Materialschulung abgestaubt habe.

»Fatushe, den kann ich Ihnen nicht geben. Dafür bräuchten wir eine Bewilligung der Materialabteilung«, versuche ich, den Schwamm wieder zurückzuerobern. Völlig vergebens. Sie hat ihn bereits in ihren Büstenhalter geschoben. Ich hoffe, dass er nicht unfreiwillig als Defibrillator fungiert.

»Gestern, nachdem ich Tee mit Frau Merkel hatte, ging es ihr gar nicht gut. Ich brauche diese Waffe«, beharrt sie und klopft sich auf die Brust. Dann wendet sie sich lächelnd ihrem Sitznachbarn zu und tut, als hätte dieses Gespräch in dieser Form nicht stattgefunden. »Du kannst den nächsten Zug machen, i dashur*.«

Der weißhaarige Beau zieht seine Augenbrauen in die Höhe, nickt »Ja, mein Liebe« und schiebt, ohne viel nachzudenken, einen weißen Läufer zur schwarzen Dame. Hat er mir gerade nebenbei zugezwinkert?

Ich habe zwar keine Ahnung, was von Fatushes Verschwörungstheorien ihrer geistigen Verwirrung entspringt und ob sie Ivan, falls er so heißt, tatsächlich geheiratet hat. Aber ich bin froh, dass sie sich in guter Gesellschaft befindet. Und es hat mir gutgetan, meinen Fall jemandem darzulegen, auch wenn die Informationen vermutlich in Fatushes umwölktem Gehirn verloren gehen.

Ich winke beiden zu und verabschiede mich an der Rezeption, wo die Verwaltungsdame, die Fatushe zur Verzweiflung getrieben hat, gerade von dem Clown-Trio umschwärmt wird. Einer fächelt ihr mit einem großen Staubwedel Luft zu, ein anderer klimpert auf einer Art Handharfe und stimmt ein Heldenepos an. Sie huldigen ihr, als wäre sie Kleopatra. Es ist das erste Mal, dass ich sie entspannt lächeln sehe.

---

* »Liebster« auf Albanisch

17. RAMESH

Die Absätze meiner neuen Sandalen klackern im Stiegenhaus der Agentur. Sie waren viel zu teuer, sind aber wunderschön. Außerdem machen sie mich größer und ich freue mich schon darauf, einfach über Susis Kopf hinwegzuschauen, wenn sie mich anspricht. Nachdem ich heute Morgen wie vom Bulldozer überrollt aufgewacht bin, habe ich mich entschlossen, zu meinen alten Waffen zu greifen. Ich habe meinen superschicken dunkelroten Jumpsuit angezogen. Er hat ein asymmetrisches Top und ich habe ihn in einer Secondhandboutique für Designerkleidung erstanden. Eigentlich ist er eher etwas für eine Abendveranstaltung. Aber heute hab ich ihn mir als Rüstung angezogen, denn die Frau, der dieser Hosenanzug gehörte, war sicher eine supererfolgreiche Anwältin.

Als ich klein war, gab es nie neue Kleider. Das war okay, denn das war bei allen Familien im Dorf gleich. Aber ich erinnere mich, dass ich immer völlig verzweifelt war, wenn ich die abgetragenen Kleider eines Mädchens anziehen musste, das ich doof fand. Ich hatte das Gefühl, durch ihre Ausdünstungen vergiftet zu werden. Meine Mutter erzählt gerne die Episode, wie ich mich stundenlang schreiend auf dem Boden wälzte, weil sie mir eine grüne Strumpfhose angezogen hatte. Sie dachte, es hätte mit der Farbe zu tun. Schuld war aber diese ekelhafte Sara, deren Beine vorab darin gesteckt hatten.

Ich ziehe noch eine Jeansjacke über den Erfolgreiche-Anwältin-Jumpsuit, damit er weniger nach Abendgarderobe aussieht. Meine blonden Haare habe ich heute sorgfältig geföhnt und sie fallen mir in leichten Wellen über die Jacke. Eine Cat-Eye-Sonnenbrille in den Haaren vervollständigt meinen Côte-d'Azur-Diven-Look.

In der Agentur herrscht die schon gewohnt gedrückte Atmosphäre, die meisten, die ich treffe, sind mit der Betrachtung des Fußbodens beschäftigt, nur einige lächeln mir zu und geben mir ein Daumen-hoch-Kompliment für mein Outfit.

Ich biege unwillig in Susis Büro ab, um ihr meinen Bericht abzugeben. Ich habe ihn gestern Abend noch erschöpft auf ein Blatt gekritzelt, auf dem ich heute in der Früh aufgewacht bin. Kurz überlege ich, das fleckige, zerknitterte Stück Papier für mich zu behalten, aber schließlich bin ich Agentin und keine Buchhalterin, da muss man Abstriche machen.

Susi schaut mit säuerlichem Blick auf meinen Jumpsuit.

»Ich habe einen Termin bei Ramesh«, verkünde ich.

»Da muss ich erst nachschauen, ob das stimmt«, erwidert Susi widerwillig.

»Nicht notwendig«, sage ich und geh an ihr vorbei zu Evelyns Tür.

Susi springt auf und versucht, mich daran zu hindern, sie zu öffnen. »Du kannst nicht einfach hi…«

Wir hängen beide an der geöffneten Türschnalle und fallen Ramesh in die Arme.

»Ioana, schön, dich zu sehen«, sagt Ramesh, in seiner typisch britischen Art über die Situation hinwegsehend. »Nimm einen Sitz. Susanne, würden Sie uns bitte einen Kaffee bringen?«

Susannes kleine Augen werden vorübergehend noch kleiner und ihre kurzen Beine stampfen in Richtung Küche. Ich könnte Ramesh küssen. Also, rein aus Übermut.

Ich sehe, wie sein Blick anerkennend, aber auch leicht erstaunt an meinem Outfit hängen bleibt.

»Wie geht es dir?«, fragt er, während er die Beine übereinanderschlägt. Heute sieht er wieder mehr denn je wie James Bond aus Bollywood aus. Wie passend, dass ich mit meinem Jumpsuit ein Bond-Girl sein könnte. Eine Szene in einem tropischen Hotelzimmer steigt vor meinem geistigen Auge auf und ich muss mich zwingen, an Oscars abruptes Ableben zu denken, um mich abzukühlen.

Ich schildere in kurzen Worten den Ablauf der Vorfälle im Theater und reiche ihm meinen Bericht. Rameshs Augen weiten sich nur kurz und ich kann einen Hauch von Gelächter darin erkennen. »Ich habe gar nicht bemerkt, dass es gestern ein Unwetter gab«, sagt er und streicht den Zettel glatt. Ich befürchte, dass ich den Zettel in der Nacht auch angesabbert habe, und bin jetzt überzeugt, dass ich ihn doch für mich behalten hätte sollen. Meine Wangen beginnen noch mehr zu glühen, als er beginnt, mein Gekrakel laut zu entziffern. »Görk Bind hasst Kalime?«

Ich räuspere mich. »Georg Binder hasst Kalimero«, erkläre ich. »Ich denke, alle Schauspieler hätten vermutlich guten Grund, ihn nicht zu mögen. Aber zwischen dem Binder und ihm hat es besonders gebrodelt. Ehrlich gestanden konnte Kalimero ein ziemlicher Arsch sein, Binder aber auch.«

Er schreibt in sein Notizbuch: *Antipathie zwischen Binder und Bydlinski.* »Ich verstehe. Und hast du eine Idee, welche anderen Verdächtigen es noch geben könnte?«

Ich überlege kurz, ob ich Zladko und seine Kollegen mit hineinziehen soll, und beschließe, ihre Anwesenheit vorläufig für mich zu behalten. »Na ja, wer auch immer hinter der Fälschung des Manuskripts steckt, hat vermutlich auch mit dem Mord etwas zu tun.« Ich umreiße nochmals kurz, was ich über das Manuskript weiß und dass es verbrannt neben Oscars Hand gelegen ist.

Ramesh nickt aufmerksam und macht sich mit seinen schlanken Händen Notizen. Das finde ich irritierend, denn ich stelle mir vor, wie diese Hände meinen Nacken berühren, und fatalerweise verursacht diese Vorstellung, dass meine Brustwarzen beginnen sich aufzustellen. Was ist jetzt bitte mit mir los?

»… körperliche Reaktion?« Aus weiter Ferne dringen Rameshs Worte an mein Ohr, während ich ihn mit großen Augen anstarre.

»Entschuldige bitte?«, frage ich und verschränke die Hände vor meiner Brust, sodass er mein Nipplegate nicht sehen kann. »Was für eine körperliche Reaktion?« Ich überlege fieberhaft eine Ausrede, warum meine Brust an diesem warmen Tag Gänsehaut produziert.

»Ich wollte wissen, ob der Fund von Oscars Leiche wieder … hm, sagen wir, Stresssymptome ausgelöst hat.«

»Ooooh. Neinnein, keinerlei körperliche Reaktion.«
Kurz bin ich erleichtert, um gleich darauf ärgerlich zu
sein. »Und was heißt hier ›wieder‹?« Ich frage mich,
inwieweit Evelyn ihn über meine Blackouts informiert
hat.

Ramesh betrachtet mich aus dunklen, unergründli-
chen Augen, seufzt und schlägt sein Notizbuch zu. »Gut,
ich schlage vor, wir lassen den Auftrag Oscar Bydlinski
vorläufig ruhen und du arbeitest mit Millie an ihrem
Auftrag.«

»Aber sollten wir nicht herausfinden, wer Oscar
umgebracht hat? Ich meine, das hätte er echt verdient«,
frage ich ungläubig.

»Wir haben im Moment alle Hände voll mit der TEA-
Causa zu tun. Ich weiß nicht, ob du es mitbekommen
hast, aber mittlerweile musste ich beinahe 15 Mitarbei-
terinnen beurlauben. Wir brauchen jede freie Agentin,
die wir kriegen können. Wenn du also fit genug bist ...«
Ramesh sieht mich hoffnungsvoll an.

Ich nicke. »Ja, ich bin fit. Aber was soll das heißen, du
musstest beurlauben?«

Susi poltert zur Tür herein und knallt uns zwei Tas-
sen Espresso auf den Tisch, von dem die Hälfte in der
Untertasse schwappt. »Soll ich die Kollegin jetzt zu Mrs.
Bowbridge zur Befragung begleiten?«, fragt sie mit einem
Eifer, der mir unheimlich ist.

»Danke, Susanne, das wäre alles. Ich werde Ioana persönlich begleiten.«

Wer ist Mrs. Bowbridge und was für eine Befragung?
Sie werden mich doch hoffentlich nicht zu irgendeinem
Psychotest schicken wegen meiner Blackouts.

Susi verlässt nur widerwillig das Zimmer.

»Alle Kolleginnen der Agentur werden zurzeit von einer Agentin der internen Revision aus der Zentrale zu den Vorkommnissen rund um Evelyn befragt. Ich kann und darf dich auf dieses Gespräch nicht vorbereiten und du darfst nachher mit keiner anderen Agentin darüber sprechen. Bleib einfach bei der Wahrheit, dann wird alles gut gehen. Okay?«

Ich schlucke und nicke und merke, wie nervös ich bin, als ich an der Seite von Ramesh zu der Befragung gehe. Zugegebenermaßen ist daran nicht nur die Befragung schuld.

18. EVELYNS VERGEHEN

Mrs. Bowbridge entpuppt sich als die Minisumoringerin, die das Erdbeben in der Agentur verursacht hat, indem sie unsere Chefin Evelyn suspendierte. Ihre Haare sind streng zurückgegelt und sie sitzt breitbeinig aufrecht, die Arme auf ihren massigen Oberschenkeln aufgestützt. Als würde der Kampfrichter demnächst den Gong schlagen. Ihre Lippen passen so gar nicht zu ihrem Gesicht, sie sehen aus wie die von einem Goldfisch, klein, rund, fleischig, und verlieren sich in dem riesigen runden Gesicht. Aber auch sie tun ihr Bestes, wild entschlossen zu wirken. Die beiden Beisitzer der Sumoringerin, ein Mann und eine Frau, wirken eigenartig blass und durchsichtig, als würde sich ihre Chefin gelegentlich von ihnen ernähren.

Ich sitze ihnen gegenüber auf einem einsamen Stuhl in der Mitte eines abgedunkelten Raums. Eine Bürolampe ist auf meine Brust gerichtet. Ich nehme an, sie sollte mein Gesicht beleuchten, aber entweder haben sie kurz vor mir Chica interviewt oder sich mit meiner Körpergröße verschätzt. In der Ecke sehe ich das rote Lämpchen einer laufenden Kamera. Ich erinnere mich an Geschichten über die Securitate, bei der die Sitzpolster der Verhörsessel archiviert werden, um sie bei Verfolgungen der Opfer den Spürhunden als Riechvorlage zu überlassen.

Eine alte, längst verdrängte Angst kriecht in mir hoch, als ich zu dem Polster unter meinem Hintern schiele.

Die Sumoringerin leckt sich über ihren Goldfischmund und beginnt das Verhör.

»Ioana Cristea?«

»Ja?«

Meine Kindheit war gekennzeichnet durch ein eigenartiges Gefühl der Schizophrenie. Es gab immer zwei Realitäten, in denen wir parallel lebten. Die des engsten Kreises und die, die man nach außen hin präsentierte, in der Gemeinde, in der Schule, bei den Nachbarn. Man wusste nie, wer ein Spitzel der Securitate war oder ein echter Freund. Und obwohl ich noch klein war, erkannte ich gut die unterschiedlichen Nuancen in den Stimmen meiner Mutter oder meines Vaters, wenn sie die Realität wechselten. Es war fast so, als hätten wir alle zwei verschiedene Persönlichkeiten. Und ich wusste nicht, dass man auch anders leben kann, bevor ich nach Österreich kam. Von klein auf wurde uns eingeimpft, auf eine Frage hin so wenig Information wie möglich preiszugeben.

»Antworten Sie bitte ohne Fragezeichen.«

»Ja.«

»Wie lange sind Sie bereits als Agentin bei der PSA tätig?«

»Zehn Jahre.«

»Hatten oder haben Sie ein sexuelles Verhältnis mit der Leiterin der Wiener Agentur Evelyn Demiri?

»Wie bitte?«

»Beantworten Sie bitte die Frage.«

»Soll das ein Scherz sein?«

»Klingt das für Sie nach einer Scherzfrage?«

Keiner guten jedenfalls. »Ich hatte nie ein sexuelles Verhältnis mit meiner Chefin.«

»Ist Ihnen bekannt, dass eine oder mehrere Agentinnen oder Rekrutinnen dieser Agentur ein sexuelles Verhältnis mit der Agenturchefin hatten?«

Worum zum Geier geht es hier? Was soll diese sexuelle Fixation? Ehrlich gestanden war Evelyn für mich immer komplett asexuell. Wenn ich darüber nachdenke, habe ich sie mir weder mit einem Mann noch mit einer Frau je vorgestellt. Aber ich schaffe es, mir meine Einwände zu verbeißen, und antworte: »Nein.«

Ich spüre die Unzufriedenheit der Sumoringerin mit meiner Wortkargheit. Aber je öfter sie mich nach anrüchigen Situationen im Zusammenhang mit Evelyn fragt, desto stoischer werden meine Antworten.

»Nein.« – »Nein.« – »Nein.«

»Ist es wahr, dass Evelyn Demiri während eines Übungseinsatzes sagte, sie liebe Gruppensex, vorzugsweise mit jungen Rekrutinnen?«

Darum geht es? Ich erinnere mich. Millie hat vor über einem Jahr eine Abhörübung mit ihren Rekrutinnen durchgeführt, in der viele Schreibtische, Handtaschen, die Kaffeeküche und unter anderem auch Evelyns Büro verwanzt wurden. Evelyn scherzte über ihre sexuelle Vorliebe, sich mit jungen Agentinnen zu vergnügen. Das war ihre Art, Millie und den Neulingen zu übermitteln, dass sie mit ihrem Abhörmanöver aufgeflogen waren. Das kann doch nicht ernsthaft der Grund für dieses Theater sein. Aber wenn die Sumoringerin diese Aussage kennt, dann hat sie wohl die Aufnahmen gehört.

Also greife ich seufzend zu einer der beliebtesten Phrasen der Politik: »Daran kann ich mich nicht erinnern.«

Der Goldfischmund schmollt.

Nach einer gefühlten Stunde werde ich aus dem Raum entlassen unter Androhung eines gesalzenen Disziplinarverfahrens und fristloser Kündigung, sollte ich auch nur ein Wort über das Gesagte außerhalb dieses Raums verlieren.

Mit wackeligen Beinen stehe ich vor der Tür. Ich befürchte, dass der Bluthund einiges zu schnüffeln hätte, denn der Schweiß sickert immer noch über meinen Rücken.

Langsam gehe ich den Gang der Agentur entlang, ohne genau zu wissen, wohin ich eigentlich will. Mit einem Mal ist mir völlig klar, woher die eigenartige Stimmung kommt, die mir die letzten Tage hier entgegengeschlagen ist. Wenn das Verhör der Kolleginnen nur annähernd so verlaufen ist wie meines, dann ist jede mit ihren Vermutungen und Ängsten jetzt allein für sich. Und was, wenn es tatsächlich sexuelle Übergriffe gegeben hat? Dann wäre alles noch viel schlimmer. Das Ganze kommt mir vor wie eine absurde Folge von »Versteckte Kamera«. Passend zu den ganzen Debatten über »MeToo« der vergangenen Jahre. Es macht mich wütend, dass allein diese Fragen ausreichen, um Evelyns Integrität ins Wanken zu bringen. Ich beschließe für mich, dass es sich hier nur um Verleumdung handeln kann.

Ich greife nach meiner Jeansjacke und verlasse die Agentur, um eine kleine Runde spazieren zu gehen und zu überlegen, was ich tun soll. Als ich in meine Jackentasche fasse, spüre ich dort einen kleinen Zettel. Ich laufe ein paar Ecken weiter und öffne ihn.

»Triff mich um 19 Uhr bei der Alten Donau am Bootssteg der Segelschule Bauer. R.«

R? Soll das etwa Ramesh sein? Ist das eine Falle der Sumoringerin? Wer kann R. sonst sein? War der Zettel schon in meiner Tasche, bevor ich die Agentur betreten habe, oder erst danach? Ich kann mich nicht erinnern.

Der Tag wird immer schräger. Ich rufe Millie an. Sie hebt ab und flüstert: »Ich bin gerade im Einsatz. Kannst du abends zu mir in die Wohnung kommen?«

Spannend, heute ist der Tag der konspirativen Treffen. Ich sage ihr, dass ich abends ein Meeting habe, aber danach zu ihr komme und bei ihr übernachte.

19. BADEMANÖVER

Die Tische auf den Terrassen der kleinen Ufertaverne sind voll mit gut gelaunten, plaudernden Menschen, die den warmen Frühsommerabend genießen. Eine sanfte Brise weht über die Altarme der Donau, die für die Wiener ein kleines Bade- und Segelparadies mitten in der Stadt bieten. Die untergehende Sonne spiegelt sich in den nahen Wolkenkratzern der Donauplatte. Man kann von hier aus sogar den DC Tower sehen, auf dem Millies Rekrutinnen vor ein paar Tagen herumgeturnt haben.

Die Segelschulboote schaukeln sanft auf dem einladend glitzernden Wasser. Aber vermutlich ist es noch ein wenig zu kalt, um zu schwimmen.

Ich merke, dass ich die Blicke der Tavernenbesucher auf mich ziehe wegen meiner Garderobe. Die meisten hier sind leger gekleidet, mit einem Pulli über den Schultern, um für den späteren Abend gegen die heraufziehende Kühle gewappnet zu sein.

Ich blicke mich suchend nach R. um, kann aber nirgends einen Mann im James-Bond-Outfit finden. Doch dann winkt mir eine Gestalt vom Bootsanlegesteg entgegen. Ich kneife die Augen zusammen und erkenne – tatsächlich – Ramesh. Oder seinen jüngeren indischen Bruder. Er hat hellbraune Cargopants an und ein safrangelbes Shirt und sieht so gar nicht wie Ramesh aus. Aber er ist es. Ich glaube, ich sehe das erste Mal, seit ich ihn kenne, seine sehnigen Arme, die mir bedeuten, dass ich zu ihm kommen soll.

Ich balanciere mit meinen hochhackigen Sandalen über den schwankenden Holzsteg auf ihn zu und versuche, weder in den Spalten zwischen den Planken stecken zu bleiben noch seitlich im Wasser zu landen.

Als ich Ramesh begrüßen will, zeigt er mir mit dem Finger an, dass ich nicht sprechen soll. Dann nimmt er meine Hand, was eine Hitzewallung in meinen Eingeweiden verursacht. Er führt mich zu einem Tretboot und gibt mir mit Gesten zu verstehen, die Sandalen auszuziehen. Das ist sinnvoll, weil ich mit den hohen Absätzen früher oder später im Wasser gelandet wäre. Ohne Absätze bin ich um einiges kleiner als er. Mir ist bis jetzt noch nie aufgefallen, dass er mich um einen Kopf überragt. Ich setze mich auf den Sitz neben ihn und wir strampeln los.

Langsam gewöhne ich mich an das Schweigen und beginne, die Situation zu genießen. Ein Schwan schwimmt an unserem Gefährt vorbei, knabbert an unserem Bootsrand und schwimmt wieder weiter, als er erkennt, dass wir unsozial und ohne Proviant sind.

Ramesh steuert auf einen versteckten Seitenarm zu. Ich schiele immer wieder heimlich zu ihm hinüber und bin durcheinander. Er sieht so … nahbar aus. Der Anzug hat bisher eine praktische Barriere gebildet, die mir jederzeit klarmachte, dass es sich bei ihm um einen Kollegen oder Vorgesetzten handelt, den man nicht anrührt. Abgesehen von allen anderen Gründen, ihn nicht anzurühren. Ich bemerke aber, wie das Bedürfnis, ihn jetzt doch anzurühren, immer stärker wird. Seine Haut sieht so samtig aus. Wie Karamell. Seine Armmuskeln spannen sich beim Lenken des Bootes an. An seine langen kräftigen Beine, die die Pedale eigentlich fast völlig im Alleingang antreiben, weil meine eigenen sich gerade zu schwach anfühlen, mag ich gar nicht denken. Tu ich aber doch und bemerke, dass ich zu schwitzen beginne.

Ich versuche, mich zu erinnern, warum er für mich tabu ist. Da wäre zunächst einmal meine Unfähigkeit, mit Männern eine Beziehung einzugehen, die nicht in einer Katastrophe endet. Gleich an zweiter Stelle landet die Tatsache, dass Rameshs Freundinnen grundsätzlich ein ungesundes Ende finden. Und er ist mein Chef. Gerade. Und wir haben Wichtigeres zu tun. Was ist das hier eigentlich? Eine obskure Geschäftsbesprechung? Eine Art seltsames Rendezvous? Eine Observation?

Ramesh scheint an seinem Wunschziel angekommen zu sein und hält mir einen Zettel vor die Nase, auf dem steht: »Hast du zufällig einen Badeanzug dabei?« Ich schaue ihn ungläubig an und deute auf meinen Jumpsuit, unter dem ich nicht besonders viel trage.

Dann kommt der zweite Zettel. »Es tut mir leid.«

Ich schaue ihn verwirrt an. Doch da hat er schon seine Arme unter meinen Körper geschoben und mich in die Höhe gehoben. Der Genuss, in seinen Armen zu schweben, ist von kurzer Dauer. Mit einem Schwung lande ich in der frühsommerlichen Alten Donau und schnappe nach Luft. Es ist so kalt. Ich kann im ersten Moment nicht sprechen und rudere wild mit meinen Armen, um zum Boot zurückzugelangen. Der Scheißkerl. Woher will er wissen, dass ich schwimmen kann? Doch bevor ich eine Schimpftirade auf ihn loslassen kann, springt er ebenfalls ins Wasser, taucht unter und landet prustend wieder an der Wasseroberfläche. »Oh my God, that's fucking cold«, lacht er und sieht so vergnügt aus, dass mir all meine Beschimpfungen im Hals stecken bleiben. Er nimmt meine Hand und zieht mich zum Bootsrand, dort hält er mich an sich gedrückt. »Alles in Ordnung? Ich hab in deiner Akte gelesen, dass du eine gute Schwimmerin bist, aber das war sicher ein Schock für dich.« Alle Dinge, die ich eigentlich gerade sagen müsste, kann ich nicht aussprechen, weil mein ganzer Körper zu einem einzigen großen Gefühlsorgan mutiert. Ich spüre Rameshs Körper an meinem, rieche seinen Duft, der sich mit dem des Wassers vermischt, spüre seinen Atem auf mir und jetzt hat es auch meine letzte Hirnzelle verstanden. Ich steh auf ihn. Volle Kanne und mit allen Nebenwirkungen. Wenn er mich nicht so fest an sich drücken würde, sänke ich wohl gerade langsam zum Grund des Gewässers, weil ich vor lauter Schwächegefühl nicht schwimmen könnte.

Ich versuche zu sprechen, aber alles, was ich zusammenbringe, ist, seine Lippen anzustarren und die kleine Ader an seinem Hals, wie sie pulsiert. Vielleicht ein bisschen zu schnell. Obwohl, das könnte auch das kalte Wasser sein.

Jetzt ist auch Ramesh still und starrt zurück. Eine Abfolge unterschiedlichster Gefühle spiegelt sich in seinen fast schwarzen Augen. Gar nicht britisch. Verwirrung, Überraschung und etwas, das heiß und vielversprechend aussieht, Entschlossenheit und dann, plötzlich, ist das Gefühlsfenster wieder geschlossen. Fest zu, als wäre es nie offen gewesen. Irgendetwas ist da in seinem Kopf vorgegangen, das ich gerne rückgängig machen möchte.

»Schaffst du es allein auf das Boot?«, fragt er nüchtern.

Ich schlucke meine Enttäuschung hinunter und nicke.

Wenn man putzt, spart man sich das Fitnesscenter. Fensterputzen ist das beste Training für den Bizeps, das man sich vorstellen kann. Mit einem Schwung lande ich auf dem Boot. Ramesh ist ebenso schnell wieder heroben.

Die Sonne ist mittlerweile untergegangen und die nassen Kleider lassen mich frösteln. Vielleicht ist es auch die Enttäuschung.

Ramesh langt nach hinten unter die Sitze und holt einen Beutel hervor. Er wirft mir ein großes Handtuch zu. »Die Sachen in der Tasche sind garantiert sauber, hab sie grade neu gekauft.« Das erklärt zumindest einen Teil seines seltsamen Verhaltens. Offenbar hat er versucht, Abhörgeräte loszuwerden.

Er zieht sich das nasse T-Shirt über den Kopf und ich schlucke. Verdammt, sieht der gut aus. Er sollte immer ohne Shirt in der Agentur herumlaufen, dann hätte er keinerlei Probleme, sich bei manchen Agentinnen durchzusetzen. Aber er hat mir deutlich zu verstehen gegeben, dass da nichts ist zwischen uns, zumindest von seiner Seite. Also beginne ich, mich abzuschrubben, nicht ohne atemlos zu beobachten, wie er sich weiter seiner nassen Kleider entledigt.

Bevor ich in Ohnmacht falle und wieder Gerüchte über meine Zurechnungsfähigkeit in Umlauf bringe, wende ich mich ab und beginne, mir zittrig meinen Hosenanzug vom Leib zu schälen.

Als ich mich umdrehe, um in der Tasche nach trockener Kleidung zu suchen, sehe ich Ramesh, wie er mich nun seinerseits mit glühenden Augen anstarrt.

Ich bin verwirrt.

»Entschuldige«, sagt er mit rauer Stimme. »Ich hätte dich nicht beobachten sollen. Aber du bist … schön. Entschuldige, das hätte ich nicht sagen dürfen.«

»Ist okay, hab schon Schlimmeres gehört«, versuche ich, meine Verlegenheit zu überspielen.

Er greift in den Beutel und gibt mir ein Sweatshirt und eine Jogginghose, die, das kann ich schon jetzt erkennen, zwei Nummern zu groß sind. Außerdem sind sie lila. »Entschuldige«, lächelt er, als er sie mir reicht.

»Jetzt hast du dich genug entschuldigt«, lächle ich zurück. »Erklär mir lieber, was das Ganze bedeutet.«

»Warte noch kurz.« Ramesh greift in eine weitere Tasche und holt ein kleines Päckchen mit Teigtaschen heraus, die wunderbar duften, und eine Flasche Rotwein. Wow. Ein Picknick. Unser Treffen wird immer seltsamer. »Ich dachte, du wirst vielleicht Hunger haben nach unserem Bad. Das sind Samosas, macht ein Freund von mir«, lächelt er immer noch und öffnet die Flasche Wein. »Gläser hab ich leider vergessen.« Wir trinken abwechselnd aus der Flasche und beißen in die unheimlich aromareichen Samosas. Ramesh hat einen Freund in Wien, der Samosas macht. Ich hab noch nie darüber nachgedacht. Irgendwie hat Ramesh für mich bisher nur innerhalb der Agentur existiert.

Der Mond ist aufgegangen und rund um uns zirpen die ersten Grillen. Romantischer geht es eigentlich nicht. Aber wir haben eine Business-Besprechung.

»Ich musste sichergehen, dass wir beide frei von Abhörgeräten sind«, beginnt Ramesh zu erklären.

»Und das hätten wir nicht mit den Wanzen-Suchgeräten erledigen können?«, frage ich.

»Ich hab das Gefühl, dass die, um die es hier geht, schon über neuere Technologien verfügen, die wir nicht finden würden. Ich bin sicher, dass wir gerade unter einer Attacke der TEA stehen und unsere PSA-Filiale böse infiltriert wurde.«

Ich schlucke und nicke. Das klingt logisch. »Die eigenartigen Anschuldigungen gegenüber Evelyn?«, frage ich.

»Ja. Nicht nur die. Auch viele andere Agentinnen haben plötzlich Probleme mit ihrer Aufenthaltsgenehmigung, werden des Diebstahls oder des Drogenbesitzes bezichtigt.« Ramesh nimmt einen großen Schluck aus der Flasche, als bräuchte er ein wenig Betäubung angesichts des zunehmenden Chaos in der Firma.

»Chica und Anastasia?«, frage ich, weil es zu dem passt, was ich mitbekommen habe.

Er nickt. Ich nehme ihm die Flasche weg und trinke einen großen Schluck.

»Ich habe das Belastungsmaterial gesehen und es ist überzeugend. Es gibt Videos, die wirklich ... nun ja ... verstörend sind. Und es gibt leider auch Aussagen von Zeuginnen innerhalb der PSA. Ich bin mir nur sicher, dass das alles so nicht stattgefunden hat. Anderseits kenne ich Evelyn natürlich nicht so lange wie ihr. Und deswegen brauche ich Verbündete, denen ich uneingeschränkt vertrauen kann, um herauszufinden, was die Wahrheit ist.«

Bedauerlicherweise ist die Flasche Rotwein leer und ich bin noch zu nüchtern, um ohne Bedenken über Ramesh herzufallen. Daher schlage ich vor, dass er mich zu meinem Rendezvous mit Millie begleitet, damit wir die Sache zu dritt besprechen können.

20. TRIUMVIRAT

Millie glotzt wie ein überraschter Uhu. Dafür gibt es gute Gründe. Es ist 22 Uhr abends und Ramesh und ich sehen aus wie eines dieser seltsamen Ehepaare im Freizeit-Partnerlook.

»Hallo, Millie.« Ramesh kratzt sich verlegen am Kopf. Er sieht eigentlich süß aus in seinem lila Jogginganzug. Ich habe gerade den Verdacht, er würde einfach in allem schnuckelig aussehen. Ich hingegen sehe unmöglich aus, erstens weil ich den Jogginganzug an Beinen und Armen aufkrempeln musste, um mich unfallfrei darin bewegen zu können, und zweitens weil meine Haare nach Kontakt mit Wasser aussehen wie die Frisur von Michael Jackson in den frühen 80ern, nur in Blond.

»Wir müssen dringend etwas besprechen und da dachte ich, ich bringe Ramesh mit«, erkläre ich.

»Wie nett«, sagt Millie und glotzt uns weiter an, ohne sich zu bewegen. Inzwischen tritt Slobo mit hochaufgerichtetem Schwanz zwischen ihren Beinen hervor und inspiziert Ramesh. Der Schwanz ist nur am oberen Ende buschig, also droht keine unmittelbare Gefahr. Ramesh hockt sich hin und begrüßt den roten Riesenkater. »Hallo, was für ein fescher Bursche du bist.« Mir ist schon aufgefallen, dass Ramesh sich in letzter Zeit bemüht, mehr Lokalkolorit in seine Sprache einzubauen. Auch das bewundere ich an ihm, wie konsequent und schnell er Deutsch gelernt hat, obwohl sein ursprünglicher Einsatz in Wien eigentlich für maximal einen Monat geplant war. Millie fixiert meinen Blick und fragt mich lautlos, was hier los ist.

Ich bedeute ihr, dass ich sie später informieren werde, und bin hingerissen davon, wie Ramesh Slobo um den Finger wickelt.

»Kommt doch rein«, löst sich Millie langsam aus ihrer Überraschungsstarre. »Soll ich uns einen Mojito machen?«

Millie und ich trinken Mojito, wann immer sich die Gelegenheit bietet. Wir haben diesen Drink während eines gemeinsamen Mallorca-Urlaubs kennengelernt, den wir uns von unseren ersten Gehältern bei der PSA geleistet haben. An den Urlaub an sich können wir uns beide nicht so gut erinnern, aber der Mojito ist uns im Gedächtnis geblieben.

»Ja, ich glaube, den können wir jetzt gut gebrauchen«, versuche ich, Rameshs aufkeimenden Zweifel zu überwinden. Insgeheim hoffe ich, dass der Alkohol überwindet, was auch immer Ramesh zwischen uns geschoben hat.

Millie mixt drei große Drinks, aber ich bemerke, dass in ihren nur wenig Rum hineinfließt. Wir machen es uns im Wohn-Schlafraum gemütlich.

Wir beginnen, Millie in die heutigen Geschehnisse einzuweihen, denn sie hatte aufgrund ihres Einsatzes beim Babykaktus noch keine Befragung durch das Minisumoringer-Trio. Ich erzähle von meinem Verhör, den Fragen um Evelyns sexuelle Verfehlungen.

»Das ist ja völlig lächerlich«, Millie zeigt die gleiche Reaktion wie ich.

»Leider ist es nicht lächerlich, wenn man das ganze Material gesichtet hat.« Ramesh kramt sein Handy aus der Tasche und öffnet ein Video. Wir sehen ein großes quadratisches Bett mit vier halb nackten Frauen, drei davon liegen, knien und sitzen auf dem Bett und sind damit beschäftigt, sich gegenseitig auszuziehen. Die vierte steht davor und gibt Anweisungen. Sie trägt einen auf dem Rücken geschnürten Lederbody und eine Art Uniformkappe auf den langen, weißen Haaren.

Was mir die Nackenhaare aufstellt, ist ihre Stimme. Es ist eindeutig die von Evelyn. Millie und ich starren fassungslos auf die Szene, die sich vor unseren Augen entfaltet. »Ist das …?«, flüstert Millie. Ich nicke betroffen. »Und das ist …?« Die Kleine, Kurzbeinige sieht aus wie Susi. Und die vollbusige Blonde könnte Anastasia sein. Oh mein Gott!

»Können wir das Ganze irgendwie auf meinen großen Bildschirm transferieren?«, schlägt Millie vor.

»Was?« Ich weiß ja, dass Millie, seit sie mit Max zusammen ist, einige ihrer Grenzen erweitert hat. Aber ich habe eigentlich keine Lust, Susis private Körperteile auf einem großen Bildschirm zu sehen. Und noch viel unangenehmer ist es mir, das Ganze neben Ramesh anzuschauen. Als erster Film, den ich mir mit ihm zusammen ansehen wollen würde, schwebt mir eher so etwas vor wie »Crazy, Stupid, Love« und nicht »Die Reise zum G-Punkt der Susi«.

»Also ich sehe schon alles, was ich sehen muss«, bekräftige ich nochmals. Vorsichtig werfe ich einen Seitenblick auf Ramesh und bemerke, wie er ein Lachen in den Augen hat. Macht er sich etwa lustig über mich?

Er widerspricht mir jedenfalls. »Ich glaube, das ist eine gute Idee, denn ich denke, dass dieses Video gefälscht ist und wir gemeinsam Fehler darin identifizieren können.«

Diese Information muss ich erst verdauen, während sich Millie und Ramesh daranmachen, sein Mobiltelefon mit Millies Multimedia-Box zu verbinden, sodass wir das Video auf ihrem Flatscreen anschauen können.

Die nackten Körper in groß überfordern mich eindeutig. Ich stürze die zweite Hälfte meines Mojitos hinunter und greife nach Rameshs Glas, das noch unangerührt ist. Nachdem ich auch das geleert habe, merke ich, wie sich eine angenehme Entspannung in mir breitmacht.

»Sodala, jetzt bin ich bereit für ›the Porno Identity‹«, kichere ich und setze mich im Schneidersitz vor den großen Bildschirm. Jetzt, wo ich nicht mehr darauf fixiert bin, dass ich die Protagonistinnen vielleicht kenne, kann ich mich besser auf die Details konzentrieren. Konzentrieren ist vielleicht nicht der richtige Ausdruck, ich schwebe so ein bisschen vor mich hin.

»Das ist eigenartig«, bemerke ich, »Evelyn hat doch diese Narbe an der Wirbelsäule von ihrer OP nach dem Unfall vor einigen Jahren. Die müsste man bei diesem Kostüm sehen.«

»Stimmt«, sagt Millie und Ramesh schreibt etwas in sein Notizbuch.

»Und Susi hat dieses riesige Muttermal am Hals, das fehlt hier«, ergänzt Millie.

»Ja, genau. Außerdem ist die kurzbeinige Susi nicht kurzbeinig genug«, stänkere ich.

Millie kichert. »Das könnte auch ein bösartiges Gerücht sein, aber ich glaube, du hast recht.«

»Weißt du, ob Anastasia so ein geschmackloses Arschgeweih über dem Hintern hat? Ich kann mir das fast nicht vorstellen.«

Millie schüttelt den Kopf. »Viel zu gewöhnlich.«

Nachdem wir uns darauf eingeschossen haben, Fehler zu finden, ist es eigentlich ganz leicht. Wie bei diesen Suchbildern, in denen man zehn Fehler suchen muss.

Langsam fällt mir auch auf, dass die Stimme zwar wie die von Evelyn klingt, die Sprachmelodie aber nicht ganz passt.

Millie und ich klatschen uns gegenseitig ab. Ich fühle mich beschwingt und gut gelaunt wie lange nicht.

»Ihr seid richtig gut«, bringt sich jetzt Ramesh mit ein. »Mir fällt auch auf, dass die Beleuchtung der Gesichter und die der Körper nicht ganz übereinstimmen.«

»Die haben die Köpfe von Evelyn und der anderen auf irgendwelche Pornostarlets montiert? Wie bitte geht das?«

Ramesh räuspert sich. »Dazu habe ich ein wenig recherchiert. Es handelt sich um Deepfake, das ist die Manipulation bewegter Bilder. Erstmalig tauchte auf der amerikanischen Plattform Reddit im Jahr 2017 diese Art von manipulierten Videos auf. Die Videos hatten innerhalb kürzester Zeit 10.000 Abonnenten, wurden aber 2018 wieder gesperrt. Es folgte FakeApp 2.2, mit der im Prinzip jeder Laie derartige Videos erstellen konnte. Die App wurde bis zu 100.000 Mal heruntergeladen. Auch FakeApp 2.2 verschwand wieder aus dem Netz. Aber die virale Verbreitung von Deepfake-Videos konnte nicht mehr gestoppt werden. Schaut mal.«

Die nackten, miteinander verschlungenen Frauen verschwinden vom Bildschirm. Eigentlich schade. Sie haben gerade begonnen, wirklich interessante Dinge zu treiben.

Stattdessen sieht man den amerikanischen Ex-Präsidenten, der über das aktuelle Staatsoberhaupt der USA erklärt, dass er ein »total shithead« sei.

Millie und ich gackern übermütig und halten uns die Bäuche. »Nein, das muss wahr sein, bitte sag, dass das nicht gefälscht ist.«

Ramesh schüttelt den Kopf. »Diese Technologie ermöglicht es, jede beliebige Person, von der es Videomaterial gibt, alles sagen und tun zu lassen, das man möchte. Ohne dass derjenige etwas dagegen tun kann.«

Das ernüchtert uns beide wieder ein bisschen.

»In Österreich und Deutschland schauen sich rund 75 Prozent aller Internetnutzer Onlinevideos an. Die Glaubwürdigkeit und Wirksamkeit von Videos ist enorm. Die Überprüfung des Wahrheitsgehalts ist aufwendig. Querchecks, Quellenüberprüfung, Impressum und Bildfehler-Suche, das überfordert den Durchschnittsuser.«

Ich denke an meine jüngeren Cousins und Cousinen mit ihrer durchschnittlichen Aufmerksamkeitsspanne von fünf Minuten. Da ist ein Zehn-Minuten-Video schon eine Herausforderung, geschweige denn, sich 15 Minuten Zeit zu nehmen, um den Wahrheitsgehalt von einem Video zu überprüfen, das einem ein Freund als »voll die krasse Wahrheit« verkauft hat.

»Wahnsinn«, flüstern Millie und ich unisono.

»Dass jemand Daten fälscht, glaubt man sofort. Aber Videos? Da kann sich keiner vorstellen, dass man das nicht erkennt. Deswegen ist ihre Überzeugungskraft so stark«, sinniert Millie.

»Ja, oder Bücher«, murmle ich zu mir selber.

»Was sagst du?«, fragt Ramesh.

»Ach nichts, ich denke nur an meinen Fall mit Oscar, weil da ja möglicherweise die Textbücher gefälscht wurden. Und ich habe weder eine Ahnung, wie das geschehen sein soll, noch, warum.«

»Man hätte doch einfach die Seiten auswechseln können bei so einem Skriptum, oder?«, fragt Millie.

»Hm, nicht wirklich. Erstens waren die Skripten gebunden und die Bindung sah original aus und zweitens waren es Kopien des Originaltyposkripts. Und das wurde von dem Künstler mit einer Schreibmaschine mit eigenwilligem Schriftsatz geschrieben«, antworte ich.

Millie denkt nach. »Hat deine Zielperson den Schriftsteller je dazu befragt?«

Ich schüttle den Kopf. »Verstorben.«

Ramesh brütet eine Weile still vor sich hin.

»Vielleicht solltest du doch an dem Fall dranbleiben«, sagt er und ich spüre, wie ich erleichtert bin. Es hat mir gar nicht gefallen, Oscar im Stich zu lassen.

Mittlerweile ist es Mitternacht und die Wirkung des Mojitos flaut langsam ab. Angenehme Müdigkeit macht sich in meinem ganzen Körper breit.

Wir vereinbaren abschließend, die notierten Auffälligkeiten in dem Video mit Evelyn querzuchecken und uns in ein paar Tagen wieder zu einem Geheimmeeting »Free Evelyn« zu treffen.

Ramesh bestellt sich ein Taxi nach Hause und verabschiedet sich.

Nachdem wir die Tür geschlossen haben, sieht mich Millie mit großen neugierigen Augen an.

21. FREUNDINNEN

Wir liegen nebeneinander auf Millies Bett, mit den Köpfen am Fußende und den Füßen an der Wand. Mir fällt auf, dass Millies Fußnägel lackiert sind. Eine der vielen Neuheiten. Zwischen uns liegt ein zufriedener Slobo, eingekringelt, den Schwanz über die Augen drapiert wie eine modische Schlafmaske, und brummt sanft vor sich hin.

Ich betrachte meine Freundin von der Seite. Die Wirkung des Alkohols ist bei mir vollständig abgeklungen und ich habe das Gefühl, dass ich sie das erste Mal so richtig anschaue. Sie wirkt blass um die Nase. Es gibt so viel zu erzählen und so viel zu fragen, dass ich gar nicht weiß, wo ich anfangen soll.

»Was ist da los zwischen dir und Ramesh?«, fragt sie. »Und wer ist Oscar? Und warum ist er ermordet worden? Du erzählst mir ja überhaupt nichts mehr«, folgt eine Gewehrsalve von Fragen. Sie klingt ein bisschen wie ein eifersüchtiger Liebhaber und ich kann gar nicht sagen, wie gut mir das tut.

Ich beginne bei Oscar, denn die Ereignisse haben sich in den vergangenen 24 Stunden so überschlagen, dass ich überhaupt noch nicht weiter nachgedacht habe, wie ich seinen Tod aufklären soll. Ich kann Millies Rat dringend gebrauchen.

»Oscar ist mein Observationsobjekt ... also war«, sage ich und sehe mit einem Mal die schockierten Küken-haare und die erstaunten, toten Augen Oscars am Fuß der Prunktreppe vor mir. Ich erzähle Millie alles, was ich weiß, von meiner Annäherung, unserem Nachmittag in seinem Arbeitszimmer bis hin zur Probe.

»Zladko war dort? Er ist jetzt Schauspieler?«, fragt Millie entgeistert. »Wann ist denn das alles passiert?«

»Na ja, du bist ja nicht mehr wirklich zu Hause, mit Max und seiner Familie und Freunde-Gartenpartys.« Jetzt klinge ich wie die eifersüchtige Liebhaberin.

»Ja, das tut mir leid. Ich hab manchmal das Gefühl, dass ich überhaupt keine Zeit mehr für mein altes Leben habe. Und das fehlt mir. Es ist alles so neu für mich mit Max und seiner Familie. Ich war so lange allein.«

Das gibt mir einen Stich ins Herz, denn ich dachte immer, dass wir Millies Familie wären. Anderseits, wenn ich an unser letztes Familientreffen denke, verstehe ich, dass man nicht Teil dieser Familie sein will.

»Weißt du, es ist wunderbar mit Max. Aber er lebt in einer völlig anderen Welt. Da ist alles heil. Da sind seine Mutter und Vater und die Schwester und die Kinder. Und die größten Probleme, die sie haben, ist es, wel-chen Wagen sie sich als Nächstes kaufen werden, wenn der Peugeot den Geist aufgibt. Ich bemühe mich, da rein-zupassen, weil ich auch gerne einmal ein normales Leben hätte. Aber manchmal fühle ich mich, als wären sie die Waltons und ich die kleine Schwester des Mörders aus ›Psycho‹, die sich heimlich in die Familie einzuschlei-chen versucht.«

»Der ›Psycho‹-Mörder hatte keine kleine Schwester,

aber egal. Das wusste ich nicht, ich dachte, du schwebst die ganze Zeit auf Wolke sieben«, sage ich.

»Das versuche ich ja auch, mit aller Macht«, sagt sie. »Es klappt nur oft nicht. Und ich habe ein furchtbar schlechtes Gewissen deswegen. Ich hab nach wie vor das Gefühl, dass ich mir leichter täte, mit deinem Onkel Petru oder sogar mit dem Schlächter ein sinnvolles Gespräch zu führen als mit Max' perfekter Mutter.«

Ich grunze. »Ja, das sagst du Max vielleicht besser nicht.«

Wir lachen beide ausgelassen und ganz viel Anspannung verlässt meinen Magen.

Slobo hebt den Kopf, wackelt mit den Ohren und rollt sich andersherum zusammen.

»Warum war da kein Alkohol in deinem Mojito?«, frage ich und ahne schon, dass mir die Antwort nicht gefallen wird.

»Ach, Jojo«, sagt Millie ganz leise und hat große Augen. »Ich glaube, ich bin schwanger.«

Stille.

»Und das freut dich nicht?«, frage ich vorsichtig. Ich bin mir nicht sicher, ob es mich freut. Aber das ist nicht wichtig. Ich frage mich, warum Millie nicht im siebten Himmel schwebt.

»Doch, schon … und auch wieder nicht, ich bin verwirrt. Es geht alles so schnell. Und ich habe Angst, dass Max will, dass ich zu arbeiten aufhöre.«

Ich schlucke. Daran hab ich noch gar nicht gedacht. Aber das klingt logisch. Ganz ungefährlich ist unser Job ja nicht.

Millies Stimme ist jetzt ganz leise. »Und dann … Ich

habe Angst, weil alles, was ich liebe, kann mir genommen werden.«

»Oh, Millie«, ich lege meinen Arm um sie und wir liegen eine Zeit lang still nebeneinander. Millies gesamte Familie ist im Jugoslawienkrieg durch eine Bombe umgekommen und sie hat lange gebraucht, um sich wieder jemandem zu öffnen.

»Ich wollte dich fragen, ob du morgen meine Abhörgeräte bei Babykaktus einsammeln kannst, denn ich brauche, glaube ich, ein, zwei Tage, um mit Max zu sprechen und mich zu sammeln. Und um die Übelkeitsattacken in den Griff zu bekommen«, bittet Millie.

»Klar, mach ich«, verspreche ich. »Vormittags werde ich mich noch mal in Oscars Wohnung umsehen und am Nachmittag observiere ich den kleinen grünen Kaktus.«

»Er ist nicht grün, glaub mir«, sagt Millie. »Irgendetwas an ihm ist wirklich unheimlich. So, und jetzt noch mal zu der Frage, der du dauernd ausweichst: Was läuft zwischen dir und Ramesh?«

»Nichts«, sage ich seufzend.

»Aber … du hättest es gerne?«, bohrt Millie nach.

»Ja … nein … ja … ich weiß nicht … Aber selbst wenn, er scheint beschlossen zu haben, dass ich nichts für ihn bin«, murre ich.

»Das überrascht mich. Ich dachte, er ist bis über beide Ohren verschossen in dich. Ich dachte übrigens auch, dass du ihm vorwirfst, dass er seine Verlobte Yasemine in Gefahr gebracht hat«, antwortet Millie.

»In Gefahr gebracht ist gut«, schnaube ich, »sie ist tot. So wie ich es beinahe wegen Niko gewesen wäre.«

Jetzt legt mir Millie den Arm um die Schultern. »Jojo, bist du da nicht ein bisschen ungerecht? Niko war ein Arsch. Aber selbst wir wussten damals nicht, wie gefährlich die TEA ist. Keiner wusste das.«

Ich weiß, dass sie recht hat. Und doch. Männer. Im Grunde genommen hat mich schon mein Vater im Stich gelassen. Warum sollte ich also irgendeinem von ihnen trauen?

Auch wenn er süß ist. Und sexy.

Es ist 2 Uhr in der Früh geworden und wir brauchen dringend Schlaf. Und auch wenn viele Fragen unbeantwortet geblieben sind, fühle ich mich doch so wohl und geborgen wie schon lange nicht. Das Letzte, was ich höre, ist das leise Schnarchen meiner Freundin.

22. DER NEUE REGISSEUR

Ich stehe vor Oscars gelb gespickter Bücherwand und habe einen Tränenschleier über den Augen. Die Wohnung wirkt schrecklich verlassen. Oscar zu Ehren hab ich einen rumänischen Kaffee gekocht und ihn auf den Schreibtisch gestellt. Meine Oma stellte immer Essen und Trinken in ein kleines Ahnenhäuschen außerhalb ihres Hauses in der Maramureş, damit die Toten nicht daran denken, ins Haupthaus zurückzuziehen. Ich nehme auch einen Schluck. Er ist stark geworden. *Damit du bei deiner Reise zur anderen Seite munter bist*, spreche ich im Geiste mit ihm. Wenn es diese andere Seite wirklich gibt, bin ich mir sicher, dass er schon begonnen hat, sie mit Post-its vollzupflastern.

Ich habe keine Ahnung, nach was ich suchen soll, also beginne ich einmal mit einem Putzagenten-Standard und überprüfe die Wohnung auf Wanzen. Nichts.

Bei der Suche nach Wanzen tauchen unwillkürlich die Bilder der Wanzenbefreiungsmaßnahme von Ramesh an der Alten Donau in mir auf. Ich sehe Wassertropfen, wie sie an seinem schlanken Körper herunterrinnen, und muss mich zwingen, mich wieder auf Oscars Schreibtisch zu konzentrieren. Ich finde Aufzeichnungen von ihm über die Darsteller. Er ist ein guter, detaillierter Beobachter, auch wenn das, was er über Binder und Co. schreibt, nicht immer schmeichelhaft ist, so bringt er vieles auf den Punkt. Dann gibt es zahlreiche Zeichnungen und Skizzen mit Pfeilen und Gruppierungen über die Beziehungsgeflechte der Stücke, mit denen er sich beschäftigt hat. Ich frage mich, ob irgendeine seiner Beobachtungen tödlich war. Und ich finde einzelne Zettel, auf denen Oscar immer wieder versucht hat, den fehlenden Ausschnitt des Textbuchs zu rekonstruieren. Leider kann ich mich auch nicht an den endgültigen Text erinnern, aber ich finde, er war nicht schlecht bei seinen Versuchen. Ich lese die Zeilen immer wieder, auch wenn ich mir absolut nicht vorstellen kann, was davon einen Mord rechtfertigen sollte.

Ich suche weiter in den Tiefen des Schreibtisches. Als ich mit meinem Kopf gerade in einer Lade drinstecke, höre ich einen Schlüssel im Schloss der Eingangstür. Kurz habe ich den widersinnigen Gedanken, dass Oscar nach Hause kommt.

Als Nächstes überlege ich, ob ich mich verstecken soll oder ob ich meine Anwesenheit rechtfertigen kann. Was, wenn das Oscars Mörder ist? Aber die Schreibtischlade ist zu klein, das Arbeitszimmer zu vollgeräumt und die Wohnung liegt im dritten Stock, also zu hoch, um aus dem Fenster zu springen.

Ich höre Schritte über den knarrenden Parkettboden in Richtung Arbeitszimmer kommen. Sie klingen nach einer größeren, schwereren Person. Sie sind langsam, also eher entspannt. Und sie kennen sich offensichtlich in der Wohnung aus, denn sie gehen ohne Umwege auf das Arbeitszimmer zu.

In einer Sekundenentscheidung beschließe ich, die pflichtbewusste Regieassistentin zu geben, die den

Schreibtisch sortiert, was ja der Wahrheit am Nächsten kommt.

Aber auch eine Regieassistentin muss natürlich die Anwesenheit eines Fremden in der Wohnung zur Kenntnis nehmen.

»Hallo?«, sage ich vorsichtig und taste in meiner Tasche nach meinem Taser-Schwamm. Mist. Den hat mir Fatushe geklaut. Na, wunderbar. Ich bin alleine mit einem potenziellen Mörder in Oscars Wohnung, wo ich streng genommen nicht sein dürfte. Beste Voraussetzungen für das unaufgeklärte Verschwinden einer Putzfrau mit Migrationshintergrund, das es vermutlich nicht einmal in die Nachrichten schaffen wird.

Die Schritte bleiben stehen.

Ich gehe in die Offensive, öffne die Tür und gehe dem Eindringling entgegen.

Ich pralle mit einer breiten Brust zusammen, werde im nächsten Moment herumgewirbelt und auf den Boden geworfen. Instinktiv schlage ich mit meinen Beinen meinem Gegner die Füße weg. Er stürzt neben mir zu Boden und stöhnt beim Aufprall. Blitzschnell rolle ich auf ihn, setze mich auf und fixiere mit meinen Knien seinen Hals.

Der Angreifer gibt seinen Widerstand auf.

Wir sehen uns das erste Mal an. Der Einbrecher hat eine dominante Nase mit leichtem Buckel, breite Lippen, ein starkes Kinn. Irgendwie kommt er mir bekannt vor. Seine dunklen Augen sind eher neugierig als feindselig auf mich gerichtet. Seine Haare sind dunkel mit hellen, sonnengebleichten Strähnen, als ob er sich oft im Freien aufhalten würde. Ein bisschen zu lang, um gepflegt auszusehen. Sein Hals ist muskulös und ich habe das Gefühl, wenn er wollte, könnte er sich aus meiner Fixierung locker befreien. Tut er aber nicht. Stattdessen funkeln seine Augen mittlerweile amüsiert.

»Guten Morgen, ich bin Sorin Rosa, der neue Regisseur. Mit wem habe ich die Ehre?« Er hat eine angenehme Stimme, mit einem Akzent, der mir vertraut ist. Er könnte ein Roma sein. Ganz sicher bin ich mir aber nicht. Sein Name ist jedenfalls Rumänisch.

»Ioana, ich bin die Putz… äh … Regieassistentin von Oscar. Also … bin gewesen.«

Wir sehen uns an und ich habe das Gefühl, dass keiner dem anderen wirklich glaubt.

»Ah ja, Ioana, ich habe schon von dir gehört und die Empfehlung bekommen, dass ich mich mit dir in Verbindung setzen soll.«

Echt? Von wem? »Verstehe«, antworte ich und überlege fieberhaft, was ich als Nächstes tue.

»Würde es dir etwas ausmachen, wenn wir das Gespräch an einem bequemeren Ort fortsetzen?«, fragt der Fremde und rollt sich locker unter meiner Fixierung hervor, was meinen Verdacht von zuvor bestätigt.

»Rieche ich da Kaffee?«, fragt er im Aufstehen und hält mir die Hand hin, um mir hochzuhelfen. Er hat kräftige Hände und bei seiner Berührung stellt es mir die Nackenhaare auf. Ich glaube nicht, dass ich wirklich eine Chance gegen ihn hätte, wenn es zu einem weiteren Kampf käme. Aber gut. Ich spiele einmal mit.

»Ja … ich habe Oscar quasi zum Abschied einen Cafea Română gekocht. Ich mach gerne noch mal einen«, antworte ich und versuche, ein paar Meter Raum zwischen Sorin Rosa und mich zu bekommen.

»Wusste ich's doch. Du bist eine Landsfrau.« Jetzt lächelt er. »Woher kommst du?« Sorin beginnt, so natürlich zu plaudern, dass ich mich tatsächlich beinahe entspanne.

»Ursprünglich aus der Maramureş«, antworte ich und beginne, den Ibrik mit duftendem Kaffeepulver zu befüllen.

»Wunderschön. Ich komme aus Transsilvanien in der Nähe von Sibiu. Aber ich war als Kind manchmal in der Maramureş.« Wir unterhalten uns kurz über Orte, die wir beide kennen. Ich schenke uns Kaffee ein und wir setzen uns an den Küchentisch. Sorin wirkt innerhalb kurzer Zeit eigenartig vertraut. Ob es unsere gemeinsame Herkunft ist oder seine Fähigkeit, dieses Gefühl hervorzurufen, weiß ich nicht. Dennoch sagt mir eine innere Stimme, dass ich mein Gefahrenradar nicht ganz ausschalten darf.

»Du übernimmst also die Regie von Oscars Uraufführung?«, versuche ich, das Gespräch in aufschlussreiche Bahnen zu lenken.

»Ja, die Leitung des Theaters hat nach einem Regisseur gesucht, der kurzfristig einspringen kann. Ich habe schon mal ein Stück des gleichen Autors inszeniert, deswegen haben sie sich mit mir in Verbindung gesetzt. Ich habe mit den Hauptdarstellern telefoniert und sie haben mich auf die Regieassistentin hingewiesen, die offensichtlich Oscars Vertrauen besaß.«

Das klingt alles logisch. Warum sagt mir mein Bauchgefühl, dass es trotzdem nicht stimmt?

Er kramt einen Zettel aus seiner hinteren Hosentasche hervor, entfaltet ihn und legt ihn vor mir auf den Tisch. Der Briefkopf gehört dem Burgtheater, das Schreiben ist an einen Sorin Rosa gerichtet. Es ist die Einladung, die Regie für das Stück zu übernehmen.

Ich spüre, wie er mich beim Lesen des Schreibens beobachtet. Er erinnert mich in seinen Bewegungen irgendwie an Slobo, nur größer, eine Raubkatze eben.

»Darf ich fragen, wie ein Regisseur zu solchen Kampffähigkeiten kommt?«, schieße ich aus der Hüfte und beobachte jetzt sein Gesicht.

Er zuckt nicht mal mit der Wimper, sondern grinst. »Dasselbe könnte ich eine Putz... äh, Regieassistentin fragen.«

Okay, er ist schlau. Touché! »Nun, ich habe einen Selbstverteidigungskurs bei der Wiener Polizei belegt, um mir aufdringliche Ehemänner beim Putzen vom Hals zu halten«, erkläre ich.

»Und ich bin im Waisenhaus aufgewachsen. Da lernt man, entweder zu schlagen oder Schläge einzustecken«, erklärt er ebenso simpel.

»Oh.« Das erste Mal öffnet sich mein Herz für ihn. Ich schätze ihn auf um die 45 und in seiner Kindheit waren die Waisenhäuser in Rumänien ein Ort des Horrors.

»Wie lange lebst du schon in Österreich?«, versuche ich, noch ein wenig mehr Informationen zu bekommen, damit ich vor der Rechercheabteilung nicht völlig ahnungslos dastehe.

»Och ... ich lebe mal hier, mal da, kein fester Wohnsitz, wie meine Vorfahren.« Er zwinkert.

Ich wehre mich dagegen, ihn sympathisch zu finden, aber es fällt mir zusehends schwerer.

Wir beginnen, über die Theaterproduktion zu sprechen, und er fragt mich, was ich von den Darstellern halte. Er ist unheimlich gut darin, zwischen den Zeilen zu lesen, und hat schnell erfasst, dass ich den Hauptdarsteller nicht leiden kann. Ich nehme an, das ist auch eine Fähigkeit, die man im Waisenhaus lernt, wenn man nicht untergehen will. Sie macht ihn vermutlich auch zu einem guten Regisseur.

Nach circa zwei Stunden verabschieden wir uns vor Oscars Hauseingang. Sorin umarmt mich spontan, wie das Südländer oft tun, und bei der Berührung fährt mir ein Schauer über den Rücken. Auch eine halbe Minute nachdem er verschwunden ist, sehe ich die Haare auf meinen Armen senkrecht in die Höhe stehen. Ich frage mich, was das bedeutet.

Wir sind für den nächsten Vormittag zur Probe verabredet. Ich überlege, wie ich am besten seine Identität auschecken kann. Aber vorher muss ich noch in der Villa von Babykaktus vorbeifahren, um die Wandlauscher, die Millie über Nacht montiert hat, abzuholen.

23. BABYKAKTUS

Das Haus von Babykaktus ist, wie es Millie beschrieben hat, eines jener weißen, würfelförmigen Gebäude mit großflächiger Verglasung, die sich gerade in den Villengegenden ausbreiten. Die Fenster sind durch automatisch gesteuerte Lamellen vor Sonneneinstrahlung geschützt. Im Eingang hallen meine Schritte auf dem Marmorboden. Ich komme mir eher vor, als wäre ich in einem sterilen Büro als in einem Privathaus. Einige der Wände sind Rohbeton. Die Möbel mehrheitlich in Weiß und Metall gehalten. Eine völlig unbenutzt wirkende großzügige Center Kücheninsel prangt auf der einen Seite des Wohnzimmers.

Ich schnappe mir alibihalber den Putzwagen, der so professionell ist, wie ich es in einem Privathaushalt noch nie erlebt habe. Dann orientiere ich mich mit dem Hausplan, den Millie mir überlassen hat, und suche die eingezeichneten Lauschgeräte. Es sind insgesamt zehn Stück, denn das Haus hat circa 400 Quadratmeter.

Ich suche gerade das Wohnzimmer ab, als hinter mir die Melodie des Türöffners ertönt. Verdammt. Was ist das nur heute mit den Überraschungsgästen? Ich rase zum Putzwagen, werfe die drei bereits eingesammelten Abhörstöpsel in einen Kübel, schnappe mir den Wischmopp und beginne, den blitzblanken Fliesenboden mit Seifenlauge einzusauen.

»Grüß Gott«, höre ich hinter mir eine hohe Männer-stimme, deutlich konsterniert.

»Gieß Gott«, antworte ich eifrig und bohnere, was das Zeug hält, am Boden herum, um meinen stressbedingten Schweißausbruch zu vertuschen.

»Wo ist die Kollegin?«, höre ich die Stimme von Baby-kaktus jetzt direkt hinter mir. Wie ist er so schnell von der Tür zu mir gekommen, ohne dass ich ihn gehört habe? Von seinem Gehabe her passt ihm die Anwesenheit einer Putzfrau gerade gar nicht. Ich schwappe ein wenig Sei-fenlauge mit dem Mopp in seine Richtung, damit er nicht auf die Idee kommt, noch näher an mich heranzutreten und meine Kübel zu inspizieren.

Babykaktus ist deutlich größer, als ich es von den Fotos her erwartet habe. Er ist schlank, blond und hat ein Bubengesicht mit Sommersprossen. Seine Haare sind artig gescheitelt und mit einem unzerstörbaren Haarfes-tiger fixiert.

Ich probiere es mit völliger Kommunikationsblockade und ziehe lächelnd die Schultern hoch. »Ich nix verstehst. Putzen ich, nix Problem.« So wenig Information wie möglich so unverständlich wie möglich, ist die Devise. Das schreckt ab.

Funktioniert auch bei Babykaktus. Er seufzt und ver-schwindet in einem Nebenzimmer.

Ich bohnere in Richtung Wand und fixiere vorsichtig die Abhörvorrichtung daran, in der Hoffnung, dass er vielleicht im Zimmer direkt dahinter ist. Glück gehabt. Ich horche.

Die Stimme von Babykaktus klingt aufgeregt und überschlägt sich mehrmals. »Ich weiß nicht, wie die

das rausgefunden haben ... Ich habe das so nie gesagt ...
Nein ... daran kann ich mich nicht erinnern ... Ja ... ja ...
Ich weiß selber, dass das mein Gesicht und meine Stimme
ist. Aber ich schwöre ... Das könnt ihr nicht machen ...
Was? ... Hallo?«

Ich höre ein lautes Knallen, dann mehrere Gegenstände, die auf den Boden krachen. »Fuck ... fuck ...
fuck!« Dann laufen die Schritte auf die Tür zu.

Jetzt bin ich es, die fuck, fuck, fuck denkt, weil sich
das Scheiß-Abhörstethoskop so fest an die Wand gesaugt
hat, dass ich es nicht herunterbekomme. Zu spät.

Ich hechte in die Mitte des Raumes zum Esstisch, um
so weit wie möglich von dem verräterischen Knopf auf
der Wand weg zu sein, und poliere den Tisch, als der
Babykaktus auch schon zur Tür reingestürmt kommt.

Er schaut mich völlig überrascht an, als hätte er vergessen, dass ich da bin. Seine Haare sind unberührt, bis
auf eine strohblonde Strähne, die einsam zu Berge steht,
sein zuvor wächsernes Gesicht ist von roten Flecken
überzogen, seine Augen sehen wild aus.

»Bitte gehen Sie jetzt nach Hause«, sagt er mit gepress-
ter Stimme.

Ich schiele auf den Abhörstöpsel und überlege, wie
ich ihn noch abmontieren kann. »Nix Problem ... ich
putzen ...«

»DU – GEHEN – JETZT!« Das war eindeutig. Der
Putzfrauen-Infinitiv, wie wir das in der Agentur nennen.

Ich packe zusammen und hoffe inständig, dass er zu
aufgeregt ist, um die neue Wanddeko zu bemerken. Zum
Glück ist sie wenigstens weiß. Aber in diesem kahlen
Raum fällt natürlich jeder ungeplante Nagel auf.

24. FATUSHE STELLT FRAGEN

Meine Zunge fühlt sich irgendwie pelzig an. Der Kaffee in der Seniorenresidenz ist eine Zumutung. Ich wäre auch permanent müde, wenn ich meinen Koffeingehalt mit diesem »Gschloder«, wie man es in Wien nennt, abdecken müsste.

Ich sitze mit Fatushe und Ivan im Foyer der Residenz und fühle mich schon richtig zu Hause. Meine regelmäßigen Besuche hier bieten mir die Möglichkeit, durchzuatmen und die ereignisreichen Tage zu rekapitulieren.

Fatushe erzählt gerade über einen ihrer Spionage-Jobs im Rahmen des Kalten Krieges in den 70er-Jahren. »Wien war die Spionagehochburg zwischen Ost und West, mehr als 7.000 Spione bevölkerten unsere schöne Stadt und einige der wichtigsten Männer und Frauen beider Seiten gingen auf meiner Jugendstil-Toilettenanlage ein und aus. Es war eine bildschöne Bedürfnisanstalt in der Wiener Innenstadt mit geschliffenen Glasscheiben und Klobrillen aus Teakholz und unter meiner Aufsicht sauberer als jede Krankenhaustoilette heutzutage. Es gab da einen ›Briefkasten‹, durch den manchmal mehr Post am Tag ging als durch den offiziellen Briefkasten um die Ecke. Schon damals wurde die Wartefrau, wie wir uns nannten, gerne übersehen.

Ich hatte natürlich einen Schlüssel und hab das ein oder andere Schreiben überarbeitet«, kichert Fatushe und sieht dabei so jung aus, wie sie damals war. Sie wendet sich an Ivan: »Kannst du dich noch an den ehemaligen Bürgermeister erinnern? Er hatte immer Verstopfung und Stunden für seine Sitzung gebraucht. Das muss wohl das schlechte Gewissen gewesen sein.«

Ich drehe mich verblüfft zu Ivan, der sich mittlerweile lebhaft an unseren Gesprächen beteiligt.

Als ich feststellte, dass sein Gehör einwandfrei funktioniert, hatte ich zunächst ein schlechtes Gewissen. Aber ich bezweifle, dass die TEA ihre Agenten zur Befragung in eine Seniorenresidenz schickt. Und Ivan ist ein dankbarer Zuhörer.

»Ihr kanntet euch schon damals?«, frage ich neugierig.

Er verdreht die Augen und bedeutet mir, dass das wieder eine der Verwirrungen von Fatushe ist. Er sagt etwas auf Albanisch zu ihr und sie blinzelt verwirrt. Dann bitten sie mich, noch ein wenig über meine aktuellen Ermittlungen zu erzählen.

Ich berichte von den Befragungen in der Agentur, von Babykaktus und seinen Problemen und von dem neuen Regisseur.

»Kennedy hatte auch abstehende Ohren«, sinniert Fatushe. »Männer mit abstehenden Ohren sind gefährlich, wenn man sie in die Enge treibt.«

»Und was ist mit Männern mit dominanter Nase?«, frage ich und denke an Sorin. In einer halben Stunde beginnen seine ersten Proben mit dem Schauspielensemble und ich bin neugierig, wie der neue Regisseur Oscars Erbe antreten will.

»Großnasen sind Einzelgänger, fühlen sich niemandem gegenüber verantwortlich«, nickt Fatushe.

Das passt gut, denke ich und verabschiede mich von den beiden.

»Stalin hatte eine große Nase«, höre ich Fatushe, als ich das Foyer verlasse.

25. IDENTITÄTEN

»Wir glauben, Erfahrungen zu machen, aber Erfahrungen machen uns.« Sorin dreht sich zu mir. »Wer hat das gesagt, Ioana?«

Ich ziehe die Schultern in die Höhe und schaue Sorin genauso fasziniert an wie das gesamte Schauspielensemble.

»Unser Landsmann Ionescu«, lächelt er.

Ich merke, dass er mich manipuliert, mich durch die Bemerkung über unsere gemeinsame Herkunft auf seine Seite zieht und auch das Interesse der anderen an mir schürt. Aber er macht das mit so viel Charme und Charisma, dass ich es selig lächelnd geschehen lasse.

So wie alle anderen auch. Den gesamten Vormittag hat er mit »gegenseitigem Kennenlernen« verbracht und mit eigenen Erzählungen über sein Leben als Waise. Seine geschickten Fragen haben mehr über die dunklen Geheimnisse der Schauspieler zutage gefördert als Oscars Rüpelstrategie vermutlich in einem ganzen Jahr.

Ich weiß jetzt, dass der Binder von seinem despotischen Vater mit dem Gürtel verdroschen worden ist, dass der schöne Amando im Kindergarten gemobbt wurde, weil er lieber mit den Puppen der Mädchen spielen wollte als mit Feuerwehrauto und Bagger. Dass die zerbrechliche Brigitta seit ihrer Kindheit unter Essstörungen leidet und Rosalind eine Phobie davor hat, vor anderen Menschen zu singen, weil sie jeden Sonntag für den Bridgeclub ihrer Oma schlüpfrige 30er-Jahre-Lieder vorsingen musste. Beim Klang von »Lass mich Dein Badewasser schlürfen« bekommt sie einen juckenden Ausschlag am ganzen Dekolleté. Auch die Schauspielschüler-Statisten haben ihr Inneres nach außen gekehrt und dadurch eine »Aufwertung« erfahren. Zladko sitzt mit verklärtem Blick in der Ecke. Ich vermute, er hat Oscar Bydlinski schon von seinem Idol-Thron verstoßen und Sorin Rosa draufgesetzt.

»Was machen wir nun mit der fehlenden Stelle im Manuskript?«, fragt Sorin. »Was denkt ihr? Ich finde, wir kennen das Stück gut genug und können selber einen passenden Text dafür entwickeln. Ich glaube, es ging in der Szene um Tristans gestörte Beziehung zu seiner Mutter, die er liebt und hasst zugleich. Georg, Brigitte, wollt ihr einmal improvisieren?«

Die Improvisation wird unheimlich lebendig, weil sowohl Georg als auch Brigitte ihre eigenen Erfahrungen direkt mit einfließen lassen. Sorin lenkt die beiden sanft, schlägt Worte, Textpassagen vor und modelliert die Szene, als würde er einen Klumpen Lehm zu einer Figur formen.

»Probier einmal: ›Du hast mich zerstört für alle Frauen, Mutter‹«, schlägt er Georg Binder vor, sieht jedoch zu Elias hinüber, der eigenartig blass und verkrampft aussieht. Vermutlich, weil seine Mutter eine echte Soziopathin war, der Arme.

Georg probiert den Satz und lässt ihn mit der zuvor zusammengefügten Passage verschmelzen. Dann dreht er sich verblüfft zu Sorin. »Weißt du was? Ich habe das dunkle Gefühl, dass das der ursprüngliche Text ist. Ich meine, ich kann mich nicht genau erinnern, es ist schon so lange her ... aber irgendetwas daran klingt vertraut.«

»Wirklich? Das ist ja wunderbar«, lacht Sorin, »das liegt einfach daran, dass hier gar nichts anderes gesagt werden kann. Der Autor wusste genau, was er tut.« Alle nicken beeindruckt.

»Ioana, kannst du bitte die Worte in das Skript eintragen?«, sagt Sorin freundlich zu mir. Irgendetwas Komisches ist gerade passiert, aber ich bin mir nicht im Klaren darüber, was es ist. Artig schreibe ich den Text in das Manuskript.

Nach der Probe sitzen wir noch unter der bunten Markise eines Naschmarkt-Lokals. Es ist ein kühler Vorsommerabend, aber die Heizstrahler wärmen uns. Mein Kopf fühlt sich ganz heiß an, wobei ich nicht weiß, ob das der Heizstrahler ist oder der Alkohol oder der wärmende Charme, den Sorin versprüht. Die Schauspieler überbieten sich dabei, Sorin Wien schmackhaft zu machen. Aber sie fragen ihn auch über die Kulturszene in Bukarest aus und ob da ein Gastspiel möglich wäre.

Nach der vierten Flasche Rotwein, die wie alle vorherigen von Sorin bezahlt wird, beginnt er, sich nach dem Tag von Oscars Mord zu erkundigen. Genauso geschickt wie während der Proben fragt er die Schauspieler, wo sie gewesen sind, was sie gemacht, was sie gesehen oder gehört haben.

Ich bin fasziniert. Wenn ich es nicht besser wüsste, würde ich sagen, dass Sorin verdeckt ermittelt, in Hercule-Poirot-Manier. Ich beobachte und lerne. Vielleicht können wir Sorin ja als Ermittlungsausbilder für die PSA gewinnen. Was wohl Ramesh zu ihm sagen würde? Die beiden sind ziemlich unterschiedlich.

»Sagtest du, dein Familienname ist Cristea?«, wendet sich Sorin unvermittelt an mich und reißt mich aus meinen seligen Träumen. Mein Mund wird trocken. »Mhm.«

»In unserem Waisenhaus gab es einen Mann, der uns öfter Geschichten vorgelesen hat. Er hieß Cristea. Er hat in mir die Liebe zum Theater geweckt ... Wie hieß er nur gleich mit Vornamen? Martin? Nein, Ma... Ah ja, ich glaube, Marian Cristea.«

Das Rauschen in meinen Ohren explodiert förmlich, ich sehe, wie Sorin zu mir spricht, aber ich höre ihn nicht. Dann wird es schwarz.

26. IOANAS VATER

Als ich erwache, höre ich ein kicherndes Schulmädchen, das klingt wie meine Mutter. Unwillig öffne ich meine Augen und erkenne verwundert unser Schlafzimmer zu Hause. Keine Ahnung, wie ich hierhergekommen bin. In meinem Kopf dreht sich alles und ich habe eine schmerzende Stelle auf der rechten Stirnseite. Ersteres kann auch mit der Menge Alkohol zu tun haben, die während des heutigen Abends – ist es noch heute? – geflossen ist. Zweiteres ist ein mittlerweile bekannter Nebeneffekt meiner verfluchten Blackouts.

Ich folge wackelig den Stimmen und lande in Mamas Küche, wo ich sie in eine lebhafte Unterhaltung mit Sorin vertieft finde. Ihre Wangen sind gerötet und sie sieht tatsächlich wie ein Schulmädchen aus, das Sorin jedes Wort von den Lippen abliest.

Als ich eintrete, wenden sich beide mir zu. »Hallo, Schatz, was machst du nur für Sachen! Komm, setz dich. Ich mache dir einen Kaffee.«

»Danke.« Ich lasse mich auf den einzigen übrigen Stuhl am Küchentisch fallen. »Wie bin ich hierhergekommen?«

»Herr Rosa war so freundlich und hat dich nach Hause getragen.« Mama sieht Sorin an wie einen Ritter, dessen weißes Pferd vor der Tür parkt.

Sorin zwinkert. »Zladko hat mir gesagt, wo du wohnst,

und ich habe dich nur vom Taxi hereingetragen. Aus der Innenstadt wäre es doch etwas weit gewesen.«

»Schatz, stell dir vor, Herr Rosa ist Theaterregisseur!«

»Ja, Mama, das weiß ich. Ich arbeite für ihn.«

»Das hast du mir gar nicht erzählt«, ruft sie, als würde ich sonst jedes Detail aus meinem Leben mit ihr teilen. »Und weißt du, was noch unglaublicher ist? Er scheint deinen Vater zu kennen«, meine Mutter hantiert ganz aufgeregt mit Papas Ibrik und schaufelt Kaffeepulver hinein, als gäbe es kein Morgen.

Sorin beobachtet mich und streckt eine Hand aus, als hätte er Angst, dass ich wieder umkippe.

»Papa hat ja donnerstagabends immer im Waisenhaus vorgelesen und der arme Herr Rosa hat da seine Kindheit verbracht. Wie schrecklich.«

Ich sehe, wie ein kurzer Ausdruck des Unwillens über Sorins Gesicht streicht, der sich jedoch sofort wieder in pure Zuvorkommenheit verwandelt. »Sagen Sie doch bitte Sorin zu mir«, lächelt er meine Mutter an.

Mein Gehirn plappert wie eine Horde Papageien. Kennt Sorin tatsächlich meinen Vater? Wer ist Sorin wirklich? Was zur Hölle fällt Zladko ein, Sorin zu mir nach Hause zu führen! Lernt der Kerl denn nie dazu? Die Erinnerung an Zladkos seligen Blick heute bei der Probe beantwortet mir meine Frage.

Mama schüttet uns ein schwarzes, fast cremiges Gebräu in unsere Tassen und eine Portion schaumiges Schlagobers. Ich stürze die Tasse in einem Zug hinunter und weiß, dass ich nie wieder schlafen werde. Sorin hingegen sieht aus, als suche er nach einer Pflanze, in deren Topf er das Gebräu unauffällig entsorgen kann.

»Sie müssen am Wochenende zu unserem Familientreffen kommen. Vielleicht kennen sie ja auch Petru, er ist der Bruder von Marian.«

Ich bin zu sprachlos, um eine adäquate Reaktion hervorzubringen. Erstens über den obszönen Gedanken, Sorin mit unserer Familienmeute zu belästigen, und zweitens über die völlige Verleugnung des wahren Verhältnisses zwischen meinem Onkel und meinem Vater durch meine Mutter.

»Du musst auf keinen Fall …«, beginne ich, mich an Sorin zu wenden.

»Danke für die nette Einladung, Frau Cristea, da komme ich gerne.« Sorin wirkt, als könne er sich nichts Schöneres vorstellen.

Mein Magen verkrampft sich und ich überlege, ob ich Evelyn um Versetzung nach Albanien bitten soll, aber Evelyn hat andere Probleme.

»Jetzt muss ich leider wirklich gehen, ich habe einen vollen Tag morgen«, sagt Sorin. Ich schaue auf die Küchenuhr. Es ist Mitternacht.

»Bring doch Herrn Rosa zur Tür, Schätzchen.« Ich glaube, Mama hat mich in der letzten Stunde öfter »Schatz« genannt als in den letzten zehn Jahren zusammen, und wenn ich ihr mütterliches Getue richtig interpretiere, erhofft sie sich Chancen auf einen rumänischen Schwiegersohn.

Ich seufze und begleite Sorin zum Ausgang, dort verdrehe ich die Augen und murmle: »Sorry.«

Er schüttelt den Kopf und flüstert zurück: »Sei froh, dass du sie hast.« Dann gibt er mir einen Kuss auf die Wange. Meine Haare stehen wieder hab Acht wie beim letzten Mal.

»Wir sehen uns am Wochenende.« Seine Augen funkeln ein bisschen provokativ, als wüsste er genau, wie abschreckend ich diesen Gedanken finde.

Ich stehe eine Viertelstunde hinter der geschlossenen Wohnungstür, bevor ich es schaffe, mich ins Schlafzimmer zurückzuschleppen.

27. FAMILIENTREFFEN

Onkel Petru hält wieder einmal einen Abgesang auf den Conducător, als hätte er vor Kurzem seinen besten Freund verloren, und schluchzt in seinen fünften Krug Bier hinein. Zum Glück hört ihm keiner zu, weil alle seine nostalgischen Anwandlungen bezüglich der Zeiten Ceaușescus kennen und eine Diskussion darüber selten friedlich endet.

Heute ist die große Familienrunde versammelt. An die 30 Tanten, Onkel, Neffen, Nichten, Schwager, Schwägerinnen und deren Kinder bevölkern das beengte Wohnzimmer von Onkel Petru und Tante Tonica. Die hurrikanartige Lautstärke des Stimmengewirrs verhindert ein echtes Gespräch. Man schreit zu seinem Gegenüber und versucht anhand der Mundbewegungen herauszufinden, ob die Worte, die der andere sagt, eine Antwort sein könnten.

Heute bin ich zur Abwechslung froh darüber, denn Sorin hat seine Drohung wahr gemacht und ist tatsächlich aufgetaucht. Ich habe keine Ahnung, warum. Vielleicht recherchiert er für sein nächstes Theaterstück und möchte ein Familiendrama inszenieren. Zurzeit haben ihn mein Bruder und ein paar Cousins in die Zange genommen, und wie es scheint, schafft er es, auch ihnen das Gefühl zu geben, interessant zu sein. Er ist eine auffällige Gestalt, breiter, prägnanter als die meisten anderen Männer hier. Wenn er seine großen Hände auf die Schulter meines Bruders legt, wirkt er väterlich und ich sehe, wie mein Bruder dahinschmilzt. Obwohl ich meinen Bruder nicht besonders leiden kann, weiß ich, wie sehr er die Anwesenheit unseres Vaters vermisst. So wie ich.

Ich habe meine Wange an Oma Adelas Schulter angedockt, als wäre sie meine Ladestation. Und das ist sie auch, für alle Enkelkinder. Oma Adela ist nicht gesprächig, aber wenn sie einmal den Mund öffnet, strömt eine bodenständige Weisheit und Kraft aus ihr heraus, die ich noch bei keinem anderen Menschen gefunden habe. Jetzt gerade sitzt sie stumm am Ende des Esstisches, lächelt und nickt, als würde sie sich Barbara Karlichs Nachmittags-Talk anschauen. Ich habe gesehen, wie sie vor geraumer Zeit ihr Hörgerät abgestellt hat, und vermute, dass sie das Stimmengewirr nun als summendes Hintergrundgeräusch wahrnimmt wie einen wohlvertrauten Tinnitus. Ich beneide sie. Manchmal wünschte ich, ich hätte ein Hörgerät, das ich abschalten könnte. Jeder sollte eines haben, dann gäbe es weniger Familienkonflikte.

Onkel Petrus Ausführungen über das Genie der Karpaten und seine Leistungen für »unser Volk« verursachen Übelkeit in mir. Ich frage mich, wie meine Mutter das aushält.

Aber seit Sorin aufgetaucht ist, ist sie bester Laune, ich glaube, sie bespricht bereits unser Aufgebot mit meinen Tanten.

Mirela bahnt sich einen Weg auf mich zu und zieht mich in eine Ecke des Wohnzimmers auf die hässliche grüne Ledercouch. Sie hat leuchtende Augen und wirkt aufgeregt. »Ich muss dir etwas erzählen«, flüstert sie.

Nein, bitte erzähl es mir nicht, denke ich, denn ich ahne schon, worüber sie mit mir sprechen will. Und wenn sie das tut, dann komme ich in den Gewissenskonflikt, dass ich sie entweder bei der Personalabteilung melden muss oder ihre Unverschwiegenheit für mich behalte und somit meine Kolleginnen gefährde. Ich überlege, wie ich dem Gespräch entkommen kann. Zu spät.

»Sie haben mit mir Kontakt aufgenommen.« Ihr ganzes Gesicht strahlt vor Aufregung, sogar ihre Augenringe sind wie weggeblasen.

»Wer?«, frage ich, denn jetzt muss ich herausfinden, wie viele Details sie preisgibt.

»Die Spionage-Agentur, von der ich dir erzählt habe. Die mit Putzfrauen arbeitet, du weißt schon. Ich habe ein erstes Bewerbungsgespräch geführt. Es war ziemlich spooky, sag ich dir. Es war ein Online-Gespräch. Sie konnten mich sehen, ich sie aber nicht. Außerdem hat es geklungen, als wäre die Stimme meines Gesprächspartners verzerrt. Ich bin mir vorgekommen wie in einem Fernsehfilm.« Sie kichert und schaut sich wenigstens um, ob uns sonst niemand zuhört. »Vielleicht kannst du dich ja auch dort bewerben. Das wäre doch nett, dann könnten wir zusammen Wirtschaftsbosse ausspionieren.«

»Wie heißt denn diese Agentur?«, frage ich und fühle einen Knoten im Magen. Die Arme ist so voller Hoffnung und schaufelt sich gerade ihr eigenes Grab.

»Das weiß ich noch nicht. Es ist alles streng geheim.«

So geheim auch wieder nicht, denke ich verzagt, wenn die Freundin der Freundin des Freundes darüber tratscht.

Ich lenke das Gespräch auf Anda, Mirelas Verlobten, und merke, dass sie enttäuscht über meinen mangelnden Enthusiasmus ist.

Der Abend geht ohne die üblichen Streitereien zu Ende. Sorin hat, glaube ich, jedem einzelnen meiner männlichen Verwandten Rede und Antwort gestanden. Alle scheinen sich dem neuen Gast von der besten Seite präsentieren zu wollen. Gerade helfe ich Tante Tonica, die Reste des Buffets in die Küche zu tragen, als Sorin mich einholt und fragt, ob ich ihn noch ein Stück nach Hause begleite.

Wie jetzt … zu ihm nach Hause? Ich muss ihn einigermaßen verdattert anschauen, denn er lacht auf. »Nicht, was *du* denkst … Aber ich muss dir noch etwas zeigen.«

Wir setzen uns auf eine Parkplatzmauer in der Nähe der nächsten U-Bahn-Station und Sorin fischt sein Handy aus seiner Lederjacke. Er scrollt ein wenig und öffnet dann ein Video.

Das Bild ist leicht verschwommen und der Ton ist auch nicht ganz klar. Da steht ein Mann in der Mitte einer kleinen Gruppe anderer Männer und spricht zu ihnen. Die kratzige Stimme. Die Melodie, wie er die Sätze betont. Leise, eindrücklich. Die Lippen.

Das Universum verdichtet sich, als wäre der Bildschirm ein schwarzes Loch, das jede Zelle meines Körper zu diesem einen Punkt hinzieht. Zum Gesicht meines Vaters.

Ich schluchze und ziehe tief Luft in meine Lungen ein, um sie zum Atmen zu zwingen.

»Wie«, fange ich zu sprechen an, muss aber wieder aufhören, weil ich nach dem ersten Wort schon keinen Atem mehr habe. Ich keuche, mir wird übel. Ich presse mir die Hand auf den Mund, um mich nicht zu übergeben.

»Er lebt?«, frage ich die einzige Frage, die wirklich relevant ist. Und wünsche mir im gleichen Moment, dass ich nicht gefragt hätte, weil ich Angst vor der Antwort habe.

Sorin nickt. »Ja, er lebt.«

Tränen fangen an, mein Gesicht herunterzuströmen, als würde sich eine jahrelange Schleuse öffnen. Mein Körper zittert und schluchzt, während ich das Gefühl habe, dass mein Geist leicht neben mir steht und die absurde Szene von außen betrachtet. Sieht, wie mich Sorin in seine Arme zieht und tröstet, mir ein Taschentuch hinhält und einfach nur hin- und herwiegt. »Alles gut, totul in regula«, murmelt er in meine Haare hinein.

Nach einer gefühlten Stunde und zehn Litern verlorener Tränenflüssigkeit schaffe ich es endlich wieder, Worte zu formulieren.

»Wo ist er? Woher weißt du das?« Andere Fragen traue ich mich nicht zu stellen. Zum Beispiel: »Warum kommt er nicht zu uns? Warum hat er uns all die Jahre allein gelassen, wenn er lebt? Was ist so viel wichtiger als seine eigene Familie? Als seine kleine Tochter, die wartet, dass er endlich nach Hause kommt und seinen verdammten Ibrik benutzt, den Mama wie eine Reliquie behandelt?« All das frage ich nicht, weil ich nicht weiß, ob ich die Antwort überleben würde.

»Wo er jetzt gerade ist, weiß ich nicht genau, aber vermutlich in Rumänien. Ich weiß es, weil Marian ein wichtiger Mann in unserer Organisation ist.« Etwas in Sorins Stimme sagt mir, dass wir gerade an einem Wendepunkt stehen.

»Organisation?«, frage ich und fühle mich komplett überfordert.

»Ioana, bevor ich dir mehr erzähle, musst du dir überlegen, ob du das wirklich willst. Es wird alles verändern und würdest du auch nur ein Wort davon weitererzählen, müsste ich dich umbringen.

Ich starre in seine dunklen Augen, um zu sehen, ob das ein Scherz ist, und erkenne, dass er keine Sekunde zögern würde, seine Drohung wahrzumachen. Nein, es ist nicht mal eine Drohung. Es ist eine simple Tatsache.

»Und eventuell ein paar andere Menschen aus deiner Familie«, fügt er sachlich hinzu.

Eiseskälte zieht meinen Hals hinauf. Wie kann dieser Mann, der mich gerade so liebevoll in seinen Armen gewiegt hat, wenig später völlig emotionslos eine Morddrohung meiner Familie gegenüber aussprechen?

»Wer bist du?«, flüstere ich.

»Überlege dir, was dir wichtig ist, Ioana. Wenn du mir sagst, dass du nicht einsteigen möchtest, wirst du deinen Vater nie wiedersehen, aber dein Leben bleibt, wie es ist. Vorausgesetzt, du verlierst kein Wort über unser Gespräch. Wenn du den Kaninchenbau betreten möchtest, dann musst du wissen, dass es kein Zurück mehr gibt.« Er drückt mir eine Karte mit einer Telefonnummer in die Hand. »Du hast 24 Stunden Zeit, dich zu entscheiden. Falls du dich dagegen entscheidest, werden auch wir uns nie wiedersehen«, sagt er.

Er steht auf, überquert mit großen Schritten die Straße und verschwindet hinter der nächsten Häuserecke.

Meine Glieder sind eiskalt und fühlen sich tonnenschwer an. Langsam beginne ich, die Umgebung wieder wahrzunehmen. Die verlassene Straße, die dunklen Fenster der hässlichen Gemeindebauten, die wie kalte Augen auf mich herunterstarren, um mich dabei zu beobachten, wie ich über das nachdenke, was Sorin mir soeben gesagt hat. Aber ich kann noch nicht denken. Ich habe Angst davor zu denken, denn dann müsste ich anfangen, Entscheidungen zu treffen, mir Fragen zu stellen wie: Was bedeutet es, dass es kein Zurück mehr gibt? Heißt das, ich müsste verschwinden wie mein Vater und dürfte meine Familie nie wiedersehen? Oder Millie und Evelyn und die Agentur? ... Ramesh?

Ich kann nicht. Ich kann noch nicht darüber nachdenken. Ich weiß nicht, wie, aber ich schaffe es nach Hause und stelle mich unter die Dusche. Dort lasse ich das Wasser auf mich herunterprasseln, bis meine Finger ganz schrumpelig sind, und schleppe mich dann ins Bett, wo ich mir eine der Schlaftabletten einschmeiße, die ich nach meinem Unfall bekomme habe, und in einen komaartigen Schlaf falle.

28. MAMA

»Destinuuuul la-la-la.« Der Gesang meiner Mutter in der Küche weckt mich aus meinem Tiefschlaf. Sie hat schon lange nicht mehr gesungen. Ich höre das Brodeln des Kaffees, der die Wände des Ibrik hinaufklettert. Kurz durchströmt mich ein Gefühl von Geborgenheit, dann fährt mir die Erinnerung des gestrigen Abends mit geballter Wucht in die Glieder.

Bei dem Gedanken, dass der Grund für Mamas fröhlichen Gesang vermutlich ihre Vorstellung vom zukünftigen Schwiegersohn ist, einem Theaterregisseur, der was hermacht, einem Landsmann noch dazu, möchte ich schreien. Der Mann, der sich heimtückisch in meine Familie eingeschlichen hat und mit Mord droht. Meiner süßen Oma Adela, meiner fleißigen Tante Tonica, gut, bei meinem Onkel weiß ich nicht, wie viele Tränen ich weinen würde. Meiner Mama. Eine zärtliche Zuneigung für meine Mutter kriecht in mir hoch. Diese zähe kleine Frau, die meine Brüder und mich unter widrigsten Bedingungen in die Freiheit gekarrt hat, während sie sicher voll Trauer um ihren Mann und Angst vor der Zukunft war.

»Draaaagosteaaaaa«, trällert meine Mutter in der Küche voll Inbrunst und in einer Tonhöhe, die leider ihre Stimmbänder etwas überfordert. »Liebe« heißt das und mit einem Mal weiß ich, wie sehr ich meine Mama liebe und dass ich es ihr niemals antun könnte, sie einfach ohne ein Wort zu verlassen, in Unwissenheit, was mit ihrer einzigen Tochter passiert ist. Es würde sie zerstören.

Gut. Die erste Entscheidung ist getroffen. Ich muss eine Möglichkeit finden, hier bei Mama bleiben zu können. Endlich einmal das zu tun, was ich schon seit Jahren hätte tun sollen. Sie in ihrem Leben zu unterstützen.

Und doch will ich die Hoffnung, meinen Vater zu finden, nicht aufgeben. Jetzt noch weniger, da ich weiß, dass er am Leben ist.

Mir wird klar, wie mich Sorin mit seiner Entweder-oder-Frage beeinflusst hat.

Vielleicht gibt es ja noch eine dritte Lösung. Ich fühle mich so entschlossen wie lange nicht.

Als ich die Küche betrete, wiegt Mama am Herd sanft ihre Hüften hin und her und summt immer noch vor sich hin. Unter ihrer Sonnenblumenschürze trägt sie ein blaues Kleid, das ich lange nicht an ihr gesehen habe. Sie wirkt zart und zerbrechlich, aber auch sehr hübsch darin.

Etwas brutzelt in der Pfanne, das unheimlich lecker riecht. Ich stelle mich hinter sie und umarme sie ganz fest und wiege mich mit ihr gemeinsam.

»Oh, guten Morgen, broscuţă mea[*], hast du gut geschlafen?« Sie küsst mich auf die Wange. »Ich habe uns zur Feier des Tages Piroggen gekocht. Hast du Zeit für ein gutes Frühstück? Ich muss erst um zehn in der Kirche sein.«

Ich muss mich zusammenreißen, um nicht loszuheulen, so lieb hab ich sie gerade. »Ja, Mama, das wäre schön.« Die mit Topfen gefüllten Teigtaschen duften köstlich.

---

[*] »mein Frosch« auf Rumänisch

Mama erzählt beim Frühstück, wie sie Papa kennengelernt hat und dass alle Mädchen in ihrer Schule für ihn geschwärmt haben und sie zuerst dachte, dass er über sie nur an ihre hübsche Freundin herankommen wolle. Sie kichert und sieht aus wie ein junges Mädchen. »Weißt du, Ioana, ergreife die Gelegenheit, denn man weiß nie, wie viel Zeit einem vergönnt ist. Es muss nicht Sorin sein, obwohl er ein gut aussehender junger Mann ist, finde ich.« Jetzt gleitet ein anzügliches Lächeln über ihr Gesicht. »Das finden auch deine Tanten.« Ich wusste gar nicht, dass meine Mutter schmutzig lachen kann. Sie ist heute wie ausgewechselt. »Aber öffne dein Herz.«

Mein Herz. Ein Gesicht steigt vor meinem inneren Auge auf und ich halte den Atem an. Die dunklen, warmen Augen von Ramesh schauen mich aufmunternd an. Und mit einem Mal glaube ich, einen Weg gefunden zu haben.

»Mama, danke für das wunderbare Frühstück, aber ich muss jetzt leider doch gehen.« Ich springe auf und umarme sie. »Ich hab dich lieb.«

»Ich dich auch.« Ich kann sehen, wie sie sich über meine seltene Liebesbekundung freut, und nehme mir vor, sie nie wieder so lange darauf warten zu lassen.

29. UNTERWELT

»Guten Morgen, Herr Dr. Rosa, wie schön, Sie wieder bei uns zu haben.« Frau Schubert, die Bibliothekarin aus der Nationalbibliothek, klimpert in freudiger Überraschung mit ihren kaum vorhandenen Wimpern. Ihre beigen Dauerwellen wackeln begeistert, bis zu dem Moment, als ihr Blick auf mich fällt. »Oh, Frau Dschoana, ich wusste gar nicht, dass Sie heute Dienst haben.«

»Ich begleite Dr. Rosa«, sage ich und mustere den wandlungsfähigen Sorin in seiner neuen Rolle. Er hat eine Hornbrille auf und einen dreiteiligen Anzug und sieht tatsächlich wie ein Geschichtsprofessor aus. Und plötzlich fällt mir wieder ein, wo ich ihn das erste Mal gesehen habe. Er war der Schläfer auf dem Pult, an dem Tag, an dem ich in der Nationalbibliothek meinen letzten Blackout hatte. Für einen kurzen Moment bin ich fassungslos über diese Erkenntnis.

»Frau Dschoana ist mit der Reinigung unserer Büros beauftragt«, nickt Sorin Frau Schubert zu und ich merke, wie es ihm Freude bereitet, meinen Namen zu verhunzen.

Nachdem ich ihm gestern am Abend geschrieben hatte, dass ich im Boot bin, wurde ich zu meiner Überraschung für den nächsten Morgen zur Österreichischen Nationalbibliothek bestellt.

Ich folge Sorin durch diverse Säle, die mir von meinem sechsmonatigen Jobeinsatz gut bekannt sind, bis zu einem Trakt, den ich noch nie gesehen habe. Dort besteigen wir einen kleinen Lift, der aussieht, als wäre er eigentlich außer Betrieb. Die Kabine ist eng und es riecht muffig. Der Spiegel an der Hinterwand ist halb blind. Sorin öffnet mit einem Schlüssel ein Panel auf der Seite und drückt einen Knopf. Der Lift setzt sich in Bewegung und ruckelt und poltert in die Tiefe. Ich versuche mittels eines Akupressurpunkts in meiner Hand, den mir Rudi gezeigt hat, meine Nervosität im Zaum zu halten, aber es klappt nicht besonders gut. Ich frage mich, ob ich heute meinem Vater begegnen werde, und das lässt mich hyperventilieren.

»Entspann dich, es wird alles gut«, lächelt mir Sorin zu, als wäre er ein guter Freund, der mir beim Zahnarztbesuch beisteht.

Ich staune immer wieder über seine Fähigkeit, Freundlichkeit vorzutäuschen, obwohl vermutlich kaltblütiges Kalkül dahintersteckt. Selbst jetzt fühle ich mich eigenartig beruhigt.

Die Tür öffnet sich zu einem großen Gewölbe, das hell erleuchtet ist. Ich wüsste gerne, im wievielten Untergeschoss wir hier sind. Ich habe davon gehört, dass es im Untergrund der Nationalbibliothek zahlreiche Keller und Gänge gibt, die sogar möglicherweise einen Zugang zur Präsidentenresidenz in der Hofburg und zum Bundeskanzleramt ermöglichen.

Junge Leute rennen geschäftig hin und her. Im Grunde genommen herrscht eine ähnliche Stimmung wie bei uns in der Agentur.

»Willkommen in den Eingeweiden von ›The Executive Alliance‹«, sagt Sorin und steigt aus.

Mein Herz macht einen kurzen Aussetzer. Also doch.

»Wir sind hier in der TEA-Zentrale?«, frage ich heiser.

»Nun, sagen wir, einer der zentralen Operationsstellen der Allianz.« Sorin beobachtet meine Reaktion.

Ich merke, wie leichte Übelkeit in mir hochkriecht. Bedeutet das, dass mein Vater einer der führenden Köpfe der TEA ist? Der Organisation, die für uns in der PSA der Inbegriff für böse, manipulative Machenschaften ist? Ein Schritt nach dem anderen, flüstere ich mir gedanklich vor.

»Bevor ich dich unserem Team vorstelle, müssen wir dich säubern. Und eins noch, hier bei der Executive Alliance sind wir alle per Sie.« Das klingt gruselig.

Er bringt mich zu einem sterilen Raum mit einer Behandlungsliege, einer Dusche, einigen Kästen und Instrumenten, die meinem Panikmodus Futter geben.

Ich frage mich, ob mich Sorin filzen wird, doch er dreht sich glücklicherweise mit einem »Bis später« um und lässt mich alleine.

Durch eine andere Tür kommt eine weiß gekleidete Frau mit kurzen Haaren herein und begrüßt mich freundlich. »Hallo, Frau Cristea, bitte alle Ihre Kleider ablegen und gründlich duschen, danach werden Sie gescannt und bekommen anschließend noch unseren Chip.«

Ich bekomme einen Chip? Oh Gott. Kurz kommt mir der Gedanke, mich mit einem »Ich hab es mir anders überlegt« wieder vom Acker zu machen. Aber die Aussicht, meinen Vater wiederzutreffen, überwiegt alles. Ich tue das nicht nur für mich, sondern auch für meine Mutter und meine Brüder.

Ich steige nackt in die Dusche und sehe aus dem Augenwinkel, wie die Frau meine Kleider in einem Container entsorgt. Als ich fertig bin, tastet sie meinen Körper gründlich ab und untersucht ihn zusätzlich mit einem Scanner.

Und bevor ich es richtig bemerke, hat sie mir mit einer Art Spritze einen Chip in den Oberarm hineingeschossen. Ich reibe mir über die Stelle, die sich anfühlt wie nach einer Impfung.

»Der Chip ist sehr klein, die meisten spüren ihn nicht mehr. Sollten Sie Juckreiz oder Schmerzen bekommen, melden Sie sich unbedingt bei mir.« Die Frau beginnt, die Geräte wegzuräumen. Für sie ist der Vorgang offensichtlich beendet.

»Und wie kommt der Chip wieder heraus?«, frage ich.

Sie hebt die Augenbraue und sieht mich überrascht an. »Gar nicht. Ich dachte, Herr Rosa hat Sie darüber aufgeklärt, dass die Mitarbeit bei ›The Executive Alliance‹ permanent ist. Man könnte ihn theoretisch mit einer speziellen Vorrichtung entfernen. Der Chip ist ein bisschen größer als eine Hausstaubmilbe. Er ist nur durch ein Mikroskop sichtbar und Sie würden ihn ohne Vorrichtung gar nicht finden.

»Aha … Und was macht der Chip?«, frage ich ängstlich.

»Er überträgt die Daten Ihrer vitalen Funktionen. So wissen wir, ob es Ihnen gut geht. Außerdem öffnet er Ihnen in unseren Räumlichkeiten alle Türen, die für Sie bestimmt sind.« Sie klappt ihren Ordner zu, in den sie offensichtlich meine Akte eingelegt hat, und verabschiedet sich, weil sie zu einem nächsten Termin muss.

Ich stehe da wie vom Donner gerührt. Heilige Scheiße. Jetzt habe ich tatsächlich die TEA-BAGs am Arsch. Oder besser im Arm. Mich beschleicht die ungute Ahnung, dass die Funktionalitäten, die sie beschrieben hat, nicht die ganze Wahrheit sind. Ich bete, dass ich mir nicht den Arm amputieren muss, um die TEA wieder loszuwerden. Aber darum werde ich mich später kümmern.

Ich schlüpfe in die bereitgelegte Kleidung – ein dunkelblaues Kostüm mit weißer Bluse. Eine Kombination, die ich, soweit ich mich erinnere, noch nie in meinem Leben anhatte.

30. IM FUCHSBAU

Sechs Köpfe drehen sich zu mir, als ich den Konferenzraum betrete. Das Erste, was mir auffällt, ist das angenehme Klima dieses Raums, obwohl er sich weit unter
der Erde befindet. Es gibt relativ viele Grünpflanzen und
an der Decke befinden sich Fensterimitationen, die mit
einer Art Tageslichtlampe beleuchtet sind, sodass man
fast den Eindruck hat, in einem Gewächshaus zu sitzen.

Die sechs Besprechungsteilnehmer sind businessmä-
ßig gekleidet, in dunkelblauen und grauen Kostümen
und Anzügen. So wie ich auch, stelle ich verwundert fest.

Am Ende des Tisches sitzt der einzige ältere Teilnehmer, ein Mann, der sofort meine ganze Aufmerksamkeit auf sich zieht. Ich frage mich, ob das mein Vater
sein könnte. Er sieht aus wie ein Filmschauspieler aus
dem »Denver-Clan«, grau meliertes, leicht gewelltes
Haar, gebräunte Haut, weiße Zähne. Ein Blick in seine
Augen macht mir klar, dass das sicher nicht mein Vater
ist. Seine Augen waren tiefe Seen. Die von Herrn Denver-Clan sind eher kalte Gletscher. Daher beginne ich,
die anderen Teilnehmer abzuchecken. Ihre Blicke sind
neugierig auf mich gerichtet, als hätten sie bereits Vorin-
formationen erhalten, von denen ich nichts weiß.

»Bitte nehmen Sie Platz, Frau Cristea. Herzlich willkommen bei ›The Executive Alliance‹. Sie müssen unsere

neugierigen Blicke entschuldigen. Sie sind die erste PSA-Agentin, die jemals Zutritt zu unseren Räumlichkeiten hatte. Ihre Agentur hat bei uns schon fast Legendenstatus«, ergreift Herr Denver-Clan das Wort.

So wie Ihre Organisation bei uns, denke ich, nur mit einer weniger positiven Konnotation.

Herr Denver-Clan drückt sich gewählt aus, gerade mit dem richtigen Maß an Jovialität, um niedrigem Volk wie mir zu vermitteln, dass wir etwas gemeinsam haben. »Ich freue mich, dass Herr Rosa sie überzeugen konnte, mit uns zusammenzuarbeiten. Sie und Ihre Fähigkeiten sind für unser aktuelles Projekt eine große Bereicherung.«

Mir entfährt ein Schnauben. Überzeugt ist gut. Erpresst würde es besser beschreiben. Aber ich nicke mal, als wäre ich mit seiner Formulierung einverstanden.

Die kommende halbe Stunde stellt sich mir einer nach dem anderen vor. Es gibt einen EDV- und Informations-Manager, eine Kampagnenleiterin, einen Controlling-manager, eine Produktmanagerin und einen Ausbildungsleiter. Im Grunde genommen wie in den meisten Wirtschaftsunternehmen. Mir fällt auf, dass im Vergleich zur PSA die Organisation hier männlich dominiert ist. Die Leute wirken freundlich und kompetent und leider muss ich mir eingestehen, dass ihre Fragen mir schmeicheln. Sie behandeln mich nicht mit der üblichen Herablassung, die uns Putzvolk oft zuteilwird, einer Mischung aus Geringschätzung und Mitleid, dass wir es zu nichts Besserem gebracht haben, als in anderer Leute Schmutz zu wühlen. Sie befragen mich sowohl zu meinen Spionagekompetenzen als auch zu Details über den Ablauf und die Besonderheiten des Reinigungsmanagements in Büros.

Ich versuche, die Einzelheiten unserer geheimen Arbeit, so gut ich kann, zu verschweigen, ohne zu unkooperativ zu wirken, komme mir aber dennoch wie eine Verräterin vor. Im Grunde genommen bemerke ich, wie unheimlich gut die TEA bereits über uns informiert ist. Zum Teil erklärt sich das daraus, dass wir bereits im Vorjahr einen Maulwurf in der Firma hatten. Ich frage mich allerdings, ob es nicht noch einen Informanten geben muss und wer das sein könnte. Außer mir.

Ich erfahre, dass ich eine Woche lang »in Ausbildung« hierbleiben werde und dann quasi unter Beobachtung wieder in mein Leben zurückkehren darf, bis ich zum Einsatz eingezogen werde. Ich schlucke. Damit hatte ich so nicht gerechnet.

»Ich bin eigentlich hier, weil Sorin … ähm, Herr Rosa mir zugesagt hat, dass ich meinen Vater treffen werde«, beziehe ich zaghaft Stellung.

Alle drehen sich ein wenig verschreckt zum großen Vorsitzenden.

Er nickt zustimmend. »Und das werden Sie auch. Leider befindet sich Marian Cristea gerade in einem heiklen Verhandlungseinsatz im Ausland, aber Sie können nachher über Video mit ihm sprechen.«

Mein Herz rast und meine Augen füllen sich mit Tränen. Ich werde mit meinem Vater sprechen. Ich bin komplett im Schock und mir wird bewusst, dass ich bis jetzt nicht wirklich daran geglaubt habe. Ich atme ganz tief ein und aus und kralle mir die Fingernägel in die Hand, um nicht komplett die Fassung zu verlieren. »Okay«, krächze ich und hoffe, dass ich rasch entlassen werde, damit ich auf dem Klo eine Runde weinen kann.

Tatsächlich erhebt sich der Vorsitzende und erklärt die Sitzung für beendet.

Herr Schmid, der Ausbildungsleiter, begrüßt mich noch mal mit Handschlag und kündigt an, dass er mich zu meinem Quartier begleitet, um noch die Details meines Stundenplans zu besprechen. Er ist klein und rundlich und sieht ein bisschen aus wie ein Beamter.

»Muss mal kurz aufs Klo«, murmle ich, und nachdem er mich zur nächsten Toilette gebracht hat, stürze ich hinein, schlage die Tür hinter mir zu und lasse meinen Tränen freien Lauf. Nach einer Viertelstunde Hardcore-Geheule, schleppe ich mich zum Waschbecken, um mein Gesicht zu restaurieren. Meine Augen sehen aus, als hätte ich einen allergischen Schock nach einer Bienenattacke. Sie sind komplett zugeschwollen. Ich lasse kaltes Wasser über mein Gesicht rinnen, bis es einfach nur mehr blass und erschöpft aussieht.

Mir fällt auf, wie klinisch sauber alles ist, und ich frage mich, wer wohl hier die Putzarbeiten übernimmt. Das ist ja der Grundgedanke unserer Putzfrauen-Spionage-Agentur, dass man überall putzen muss, ergo auch hier. Vielleicht finde ich eine Verbündete, denn eines ist klar: Wer auch immer das hier macht, ist ein Profi. Keine Streifen, keine Kalkränder, keine klebenden Haare, keine Staubreste an versteckten Stellen.

31. PAPA

Herr Schmid, der Ausbildungsleiter, eskortiert mich zu einem kleinen Zimmer, in dem ich alleine wohnen werde, wie er sagt. Am Anfang darf ich es noch nicht ohne Begleitung verlassen, im Laufe der Woche aber werden meine Zugangsbefugnisse ausgedehnt. Eine Zelle also, denke ich mir, obwohl sie durchaus komfortabel aussieht. Wie ein Hotelzimmer für Geschäftsreisende. Es gibt ein Einzelbett, einen Kasten, einen Schreibtisch mit Computer, eine Minibar und wieder ein fiktives Fenster mit Tageslichtbeleuchtung, obwohl sich dahinter vermutlich die Kanalisation der Wiener Innenstadt befindet.

Er übergibt mir einen Zettel mit dem Zugangspasswort für den Computer und eine Mappe, in der ich auch den Stundenplan für meine Ausbildung finde. Sie beginnt morgen früh.

»Die Räumlichkeiten, zu denen Sie Zutritt haben, werden für ihren Chip freigeschaltet. Somit haben Sie von Beginn an automatisch Zutritt zu der Kantine und den Schulungsräumlichkeiten. Aber im Moment nur zu bestimmten Zeiten«, erklärt Herr Schmid. »Wenn Sie Fragen haben, rufen Sie die Rezeption an und fragen nach mir.« Er deutet auf das Telefon auf dem Schreibtisch. Fast ein wenig altmodisch, denke ich. Ich hätte gedacht, ich brauche nur in den Raum hineinzureden und dann erscheint sein Hologramm. Ich greife mir auf meinen Oberarm. Hallo, Künstliche Intelligenz. Ich habe Gänsehaut bei dem Gedanken, zu einem kleinen Teil ein Roboter zu sein.

Ich lege mich aufs Bett und versuche, meine Gedanken zu sortieren. Mein Gesicht und meine Nase fühlen sich immer noch aufgequollen an und verlangsamen mein Gehirn. Ein Teil von mir ist todmüde und will einfach nur schlafen.

Der andere Teil ist angespannt wie eine Stahlfeder. Ich mache mich daran, das Zimmer zu erforschen, und komme mir dabei vor wie Fatushe im Altersheim. Wie gerne säße ich jetzt mit ihr und Ivan in der Aula der Seniorenresidenz, schlürfte wässrigen Kaffee aus angeschlagenen Tassen und bespräche mit ihnen diese unheimliche Institution. »Der Agenten-Einsatz ist wie ein Schachspiel«, sagte sie einmal. »Du spielst, dann macht der Gegner seinen Zug. Wenn du ein guter Spieler bist, denkst du mehrere Züge voraus. Je besser du den Gegner kennst, desto leichter wird das. Man muss versuchen, die Muster in seinem Handeln zu erkennen.« Dann stellte sie kichernd ihren zweiten Läufer in eine Diagonale mit dem schwarzen König und verkündete dem verblüfften Ivan: »Schach.«

Im Kasten hängen drei Garnituren Kleider, Blusen in Weiß und Hellblau und drei Hosenanzüge in Dunkelblau und Grau. Scheint, als wären das die Corporate-Farben. Sogar BHs und Höschen in Cremeweiß, alle hübsch und hochwertig. Alle Kleidungsstücke einschließlich der Unterwäsche sind mit einem stilisierten, schwarz-roten »T« gekennzeichnet, das auch an eine Armbrust erinnert. Ich suche weiter, ob ich Kameras oder Wanzen im Zimmer entdecken kann, aber im Grunde weiß ich, dass das bei der heutigen Technologie sinnlos ist. Die Geräte sind mittlerweile so klein, dass man sie ohne geeignetes Suchgerät nicht aufspüren kann. Es ist ohnehin egal, denn ich bin mir zu 100 Prozent sicher, dass alle meine Bewegungen hier überwacht werden.

Ich lege mich aufs Bett und warte. Meine Gedanken wandern zu meiner Mama. Ich hoffe, dass ich ihr nicht allzu viele Sorgen bereite. Dann zu Millie. Ich frage mich, ob sie schon mit Max geredet hat. Und schließlich lande ich bei Ramesh. Ein warmes, prickeliges Gefühl steigt in meinem Körper hoch. Ich sehe sein lachendes Gesicht bei unserem Bademanöver … seinen nassen Oberkörper … seinen … Dann gleite ich in einen sanften Traum hinüber.

In meinem Traum beschäftigt sich Ramesh gerade ausgiebig mit meinen erogenen Zonen. Nur unwillig folge ich dem Klopfen, das mich eindringlich und beharrlich aus dieser angenehmen Szene lockt.

»Frau Cristea? Die Konferenzschaltung mit Ihrem Vater steht jetzt.«

Ich bin hellwach, als hätte mich ein Blitz getroffen. Ich habe keine Ahnung, wie lange ich geschlafen habe und wie spät es ist. Die Tür öffnet sich und der IT-Leiter steckt seinen Kopf herein. Ich fahre mir durch meine Locken, schiebe sie mir büschelweise hinter die Ohren. Ein Blick in den Spiegel sagt mir, dass meine Frisur der von Oscar ähnelt. Kükenfedern, nur dass sie gelb und kringelig sind. Ich taumle neben Herrn Kasa, dem IT-Leiter, die Gänge entlang zu einem Videoraum.

Auf dem Bildschirm sehe ich das eingefrorene Bild meines Vaters. Es ist deutlicher als der Film, den mir Sorin gezeigt hat, aber immer noch nicht wirklich scharf. Ich gehe nach vorne zum Bildschirm und fahre die Konturen seines Gesichts nach. Er sieht älter aus, er muss mittlerweile um die 60 sein. Seine blonden Haare, in der Struktur meinem Chaoskopf nicht unähnlich, sind noch vorhanden, aber weniger dicht und wesentlich kürzer, als er sie in meiner Kindheit trug. Seine Augen kommen mir vertraut vor, genauso wie seine Lippen, die gerade in einer leichten Öffnung eingefroren sind, als wollte er zum Sprechen ansetzen.

»Es tut uns leid, die Verbindung ist gerade unterbrochen worden.« Ich fühle mich genauso erstarrt wie das Bild vor mir.

Sorin holt mich ab und bringt mich zu meinem Zimmer zurück. Das ist gut, denn ich stehe so neben mir, dass ich es alleine gerade nicht finden würde.

»Wir versuchen es morgen wieder, Ioana«, sagt er und öffnet die Tür. »Wir haben übrigens in deinem Namen deine Mutter, Millie und die Agentur verständigt, dass du erst in einer Woche wieder da bist.«

Ich blinzle ihn verständnislos an. »Was habt ihr ihnen gesagt?«

»Deiner Mutter, dass du beruflich im Einsatz bist, Millie und der Agentur, dass du die Grippe und einen Kehlkopfkatarrh hast und nicht sprechen kannst. Falls Nachrichten zurückkommen, werden wir die Beantwortung übernehmen, bis du so weit bist. Mach dir also darüber keine Sorgen.«

Sehr witzig. Ich bestehe gerade nur noch aus Sorgen. Die, dass ich einen Fehler gemacht habe, hierherzukommen, allen voran.

32. TAG 1

Die fremde Frau im Spiegel starrt mir erstaunt entgegen. Der dunkelblaue Hosenanzug wirkt elegant, die weiße Bluse clean, aber durch den V-Ausschnitt weiblich. Meine Haare sehen wohl das erste Mal in meinem Leben geordnet aus. Und weil ich schon so in Fahrt war, habe ich mir ein dezentes Business-Make-up verpasst. Ich würde jetzt wirklich gerne Rameshs Gesicht sehen. Ramesh geistert mir öfter im Kopf herum, als gut für mich ist. Ich brauche meine ganze Konzentration, um das hier zu überleben.

Ich frage mich, was der Grund dafür war, dass er sich bei unserem Treffen an der Alten Donau wieder vor mir verschlossen hat. Millie hat mir einmal versichert, dass mein Urteilsvermögen in Bezug auf Männer wie das eines Pinguins sei, der sich mit Orcas zum Date verabredet und dann wundert, dass sie etwas anderes als spielen im Sinn haben. Nicht, dass Millie vor Max besonders guten Männerumgang gepflegt hätte, denke ich schnaubend. Aber sie hat schon recht. Ich war nie besonders gut bei der Einschätzung der Beweggründe des männlichen Geschlechts. Und dennoch bin ich mir sicher, dass da etwas war von Rameshs Seite.

Umso mehr ein Grund, hier heil rauszukommen, denke ich und mache mich auf zu meinem nächsten Stundenplantermin. Wir sind zu dritt. Die Kampagnenmana-gerin Frau Glatz, Sorin und ich. Hier scheinen alle kurze Namen zu haben. Das Thema, das Frau Glatz präsentiert, verwirrt mich. Bin ich hier bei einer radikalen Umwelt-schutzorganisation gelandet?

»In Österreich werden täglich 12,9 Hektar Boden ver-baut, was einer Fläche von rund 20 Fußballfeldern pro Tag entspricht. Weiters sind bereits rund 1.240 Quadratkilo-meter Boden durch Verkehrsflächen versiegelt, das ent-spricht der dreifachen Fläche Wiens, 96 Prozent davon sind Straßen und Parkplätze. Das Problem ist, dass es sich dabei meist um fruchtbaren Ackerboden handelt, den wir verlieren. Darüber hinaus wird durch die derzeitige Land-bewirtschaftung die Humusschichte der Ackerböden suk-zessive vernichtet. Wenn wir so weitermachen, stehen wir in 30 Jahren vor einer Hungersnot, die die halbe Erdbe-völkerung ausradiert, weil wir nicht mehr genug Böden haben, um Nahrungsmittel zu produzieren.

»Und da kommt die TEA ins Spiel, indem sie genetisch manipulierte Samen anbietet, damit wir alle doch nicht verhungern?«, schieße ich ins Blaue. Denn bei unserem letzten Zusammenstoß mit der TEA ging es um gene-tisch verändertes Saatgut.

Frau Glatz lächelt freundlich, als säßen wir beim Kaf-feekränzchen. »Nun, ohne Humusschicht wachsen auch keine genetisch veränderten Pflanzen. Aber es stimmt, wir arbeiten an verschiedenen Enden, um eine Lösung zu finden. In diesem Fall geht es nicht um Saatgut, son-dern um Böden.«

Frau Glatz erinnert mich unangenehm an meine Volks-schullehrerin Frau Mayerhofer. Bei der hatte ich auch immer das Gefühl, dass meine Fragen völlig überflüssig und intelligenzbefreit waren.

»Zurzeit arbeiten wir daran, so viel fruchtbaren Ackerboden unter unsere Kontrolle zu bekommen wie möglich«, setzt Frau Glatz geduldig fort.

»Aha … und wie machen … ähm, *wir* das?«, versuche ich, mich als gute Mitarbeiterin zu geben.

Sorin mischt sich ein. »Tja, zu Beginn haben wir daran gearbeitet, Landwirte zu überzeugen, uns ihren Grund zu verkaufen. Über finanzielle Mittel verfügt die TEA ja genug. Aber das Problem an den kleinen Landwirten ist, dass sie an ihren Böden hängen und nicht verstehen, dass die Uhr tickt. Und wir haben keine Zeit für Befindlichkeiten. Also haben wir damit begonnen, im großen Stil Grundbuchurkunden zu verändern.«

»Wie verändern? Heißt das, ihr stehlt den Bauern ihren Grund?«, frage ich fassungslos.

»Ioana, es geht um das Überleben der Menschheit, verstehst du? Das ist kein Spaß. Wenn wir jetzt nicht das Ruder rumreißen, gibt es uns alle schon bald nicht mehr. Und die Äcker der Bauern wären dann nur ein wertloses Stück Wüste, weil der Regen ausbliebe, die Humusschicht abgetragen würde, die Bodenorganismen tot wären. Dagegen ist ein kleiner illegaler Eigentumswechsel von so einem bisschen Erde eine Lappalie. Unser Problem ist, die Demokratien sind zu langsam. Zu viele Leute, die keine Ahnung haben, reden mit. Die TEA hat eine Gesellschaft gegründet, bei der Menschen mit dem notwendigen Wissen entscheiden. Wir planen eine Regierung der Wissenden zum Wohle aller.«

Ich versuche, das Gehörte zu verarbeiten. Vieles von

dem, was Sorin und Frau Glatz sagen, klingt logisch, und dennoch fühlt es sich nicht richtig an.

Frau Glatz setzt in einem milden Tonfall fort, der mir die Nackenhaare aufstellt: »Ich verstehe Ihre Zweifel, Ioana, wirklich. Ich war am Anfang auch verwirrt. Aber wir denken, dass die einzige Möglichkeit für das Überleben der Menschheit die Epistokratie ist. Das ist eine Herrschaftsform, in der die politische Macht nach Wissen und Kompetenz verteilt wird. Den Wählern heutzutage fehlt oft der Weitblick. Um richtig zu entscheiden, braucht es umfassende sozialwissenschaftliche Kenntnisse, die den meisten Bürgern fehlen. Hinzu kommt die Unmenge an manipulierten Nachrichtenmedien heutzutage. Kein normaler Mensch hat mehr den Durchblick, was wahr ist und was Lüge.«

»Und die TEA übernimmt diese Wahrheitsinstanz?«, frage ich und wünsche mir verzweifelt, die ganze Angelegenheit mit Millie, Ramesh und Evelyn diskutieren zu können. Es klingt alles so schrecklich logisch und gleichzeitig so beängstigend falsch.

Es kommt mir vor, als würde man einen hässlichen Fleck auf einem Sofa entdecken, und anstatt das richtige Putzmittel dafür zu finden, entfernt man das Sofa und erklärt dem Eigentümer, dass man das Problem beseitigt hat. Aber es gibt für jeden Fleck das richtige Mittel. Zum Beispiel funktioniert Backpulver gegen Makeup-Flecken, Zitronensäure gegen Schweißflecken, Essig gegen Kaffeeflecken, Eiswürfel gegen Kaugummiflecken. Ich höre Fatushe in meinem Kopf: »Gegen menschliche Dummheit haben wir aber noch kein Mittel gefunden«, und dann taucht meine Oma Adela vor mir auf.

»Unkraut ist nur Unkraut, wenn du noch nicht herausgefunden hast, wofür es gut ist.« Oma Adelas Bauerngärtchen-Philosophie könnte so manchen Denker in die Knie zwingen. Oma Adela hat immer an meinen Vater geglaubt. Ist das Grund genug, dem Ganzen hier eine Chance zu geben?

»Ja, Ioana, und dein Vater war einer der Ersten, die diese Wahrheit erkannt haben.« Sorin schaut mir eindringlich in die Augen. »Deswegen hat er seine Familie geopfert, um in den Untergrund zu gehen und eine Widerstandsorganisation mit aufzubauen.«

Ich bin sprachlos, weil ich merke, wie Sorin meinen Vater benutzt, um mich für seine Sache zu gewinnen. Und noch sprachloser, weil ich merke, dass es funktioniert.

»Apropos mein Vater, wann kann ich mit ihm sprechen?«

»Wir bemühen uns, morgen noch mal eine Konferenzschaltung einzurichten, Frau Cristea. Ihr Vater befindet sich in schwer zugänglichem Terrain.«

Danach bekomme ich vier Stunden lang Videos vorgespielt, die sich alle um die Zerstörung des Erdreichs, die Auswirkungen auf das Mikroklima, den Boden, die Zerstörung der Mikroorganismen et cetera drehen. Ich habe die Aufgabe, Fragen oder Lösungsmöglichkeiten, die mir spontan einfallen, zu notieren. Je länger ich den Wissenschaftlern zuhöre, desto mulmiger wird mir. Der Problemberg, der sich vor mir auftürmt, ist deprimierend, denn es scheint kaum noch einen Ausweg zu geben. Am Ende des Videomarathons schleppe ich mich matt in mein Zimmer.

Dort liege ich auf dem Bett und mir klingeln die Ohren. Ich komme mir vor, als hätte man mich in die Waschmaschine gestopft und acht Stunden lang im Schleuderwaschgang gewaschen. In meinem Kopf drehen sich die vielen neuen Informationen. Dass mein Vater im Untergrund an der Befreiung von Rumänien mitgearbeitet hat, kann ich noch glauben. Denn vor seinem Verschwinden hat er bei Anti-Ceauşescu-Demonstrationen das Wort ergriffen. Und dann hat er diese Organisation mitbegründet? Ich komme mir vor, als wäre ich bereits eine Woche hier und nicht erst einen Tag.

33. TAG 2

Das mit den wissenden Spezialisten haben sie hier wirklich drauf. Heute sitzen wir mit Herrn Kasa zusammen, er ist der EDV-Spezialist und Herr über die Chips, wie er mir voll Stolz erzählt. Und damit meint er bedauerlicherweise nicht die aus Erdäpfeln, die ich jetzt gerade furchtbar gerne knabbern würde. »Unser Feind ist das Papier«, beendet er seine dreistündige Präsentation über die Möglichkeiten der Manipulation von virtuellen Informationsmedien.

Ich denke an die Nationalbibliothek über unseren Köpfen und daran, dass sich Herr Kasa einen schlechten Arbeitsplatz ausgesucht hat, wenn sein Feind das Papier ist.

»In der virtuellen Welt können wir, wie Sie gerade gesehen haben, im Moment so ziemlich alles fälschen, verändern oder hacken, wonach uns der Sinn steht. Verschlüsselungen sind im Grunde genommen nur eine Beschäftigungstherapie für unsere junge Hacker-Elite, damit sie sich nicht zu langweilen beginnt.«

Ich fühle mich schwindlig, als hätte sich der feste Boden der Realität unter meinen Füßen aufgeweicht. Bei der Vielfalt der Manipulationsmöglichkeiten, Nachrichten, Bots, Videos, was bleibt einem da noch zur Orientierung? Was ist wahr, was ist falsch? Früher gab es den »Kurier«, die »Kronen Zeitung«, »Die Presse« und »Der Standard«, dann noch ein paar kleinere Zeitungen und über allem thronend den guten alten österreichischen Staatssender ORF. Je nachdem, welche Einfärbung man lesen wollte, hat man sich die eine oder die andere Zeitung ausgesucht. Aber jetzt? Ich verspüre das dringende Bedürfnis, mich auf die Couch meiner Mama in der Küche zu verkriechen und in einer Staffel »Raumschiff Enterprise« zu versinken. Da weiß man wenigstens von vornherein, dass es sich um Fiktion handelt.

Am Nachmittag werde ich von Kopf bis Fuß medizinisch durchgecheckt, schnaufe auf einem Fahrrad für ein Leistungs-EKG und verbringe eine halbe Stunde auf dem Laufband. Ich merke, wie mir die Bewegung gefehlt hat und wie sie meinen Kopf klärt. Putzen ist eine ziemlich körperliche Tätigkeit und deswegen findet man auch wenige Putzfrauen im Fitness-Center. Eine gläserne Duschkabine von den Kalkrückständen des Wiener Leitungswassers zu befreien, erspart einem eine halbe Stunde Wrestling.

Als ich danach zu meinem Zimmer gehe, treffe ich auf dem Gang einen jungen Mann, der mir unheimlich bekannt vorkommt. Er trägt einen dunkelgrauen Anzug, ein hellblaues Hemd und eine gleichfarbige Krawatte und sieht aus wie ein Unternehmensberater. Das tun im Grunde alle hier. Ich bemerke, dass auch seine Augen sich kurz weiten, als er mich sieht, aber mir will nicht einfallen, woher wir uns kennen.

Am Abend falle ich erschöpft in einen tiefen Schlaf, aus dem ich durch ein aggressives Gehämmer an mei-

ner Tür gerissen werde. Meine Uhr am Nachttisch zeigt
1.30 Uhr nachts. Ich bin verwundert.

Sorin steht draußen. »Dein Vater im Konferenzraum«,
sagt er knapp und ich laufe schlaftrunken im Pyjama
neben ihm her.

Der gleiche Konferenzraum, doch diesmal bewegt
sich das Bild meines Vaters. Ich bekomme Kopfhörer
aufgesetzt und bin wie hypnotisiert.

»Ioana – mein geliebtes Mädchen, wie schön, dich zu
sehen«, höre ich ihn zärtlich sagen und meine Augen
werden von Tränen geflutet.

»Papa«, krächze ich und versuche, den kontinu-
ierlichen Tränenfluss wegzublinzeln, damit sein Bild
weniger verschwommen ist. Jetzt, wo ich die Möglichkeit habe, mit ihm zu reden, fällt mir absolut nichts
ein, was ich ihm sagen oder ihn fragen will. »Wie geht
es dir?«

»Es geht mir gut, meine Kleine, ich möchte dich
gerne besuchen kommen, aber im Moment geht das
leider nicht. Wie geht es deiner Mutter?«

»Sie vermisst dich so wahnsinnig, wir vermissen dich
alle, Papa.«

Er nickt. »Ich vermisse euch auch, aber es ging nicht
anders.«

Ich will ihn fragen, warum es nicht anders ging und
warum es nicht möglich war, uns mitzunehmen. Aber
ich trau mich nicht.

»Wie gefällt es dir bei uns?«, fragt er jetzt.

»Ja … gut«, bei der Frage wird mir mulmig. Ich habe
immer noch das Gefühl, dass ich hier niemandem trauen
kann. Dann sehe ich in die wundervollen, blaugrauen

Augen meines Vaters und beschließe, ihm eine Chance zu geben. Mein Herz schmilzt.

»Du kannst Sorin vertrauen, er wird dich gut führen«, fügt Papa hinzu. »Leider muss ich schon wieder los. Ich hab dich lieb, bis bald, broscuță mea« Er winkt in die Kamera und das Bild friert ein.

Ich starre auf den Bildschirm. »Mein kleiner Frosch«, so hat mich mein Vater immer als Mädchen genannt. Ich versuche mich verzweifelt an irgendetwas festzuhalten, um nicht unterzugehen. Es ist, als würde meine ganze Welt, in der ich die letzten Jahre gelebt habe, auseinanderfallen und ich würde in den Bruchstücken von Realität und Fiktion ertrinken.

»Nichts ist, wie es scheint. Man muss alles hinterfragen, bis man das Gefühl hat, auf festem Boden zu stehen. Und wenn du den festen Boden noch nicht gefunden hast, musst du weiter hinuntertauchen«, das hat Fatushe in einer ihrer Ost-West-Spionage-Geschichten orakelt. Erst jetzt kann ich annähernd verstehen, was sie meint und wie sie sich vielleicht damals gefühlt hat. Ich sitze eine Ewigkeit, ohne mich zu rühren, und warte, dass sich mein Gefühlschaos setzt, wie der Schmutz auf den Boden eines Putzkübels. Der Stachel des Zweifels meldet sich. Er hat gesprochen wie mein Vater. Er sieht aus wie mein Vater. Er kannte sein persönliches Kosewort für mich. Aber wie Herr Kasa mir so deutlich vor Augen geführt hat: Es gibt nichts, was die TEA nicht fälschen könnte. Wäre das wirklich möglich, eine Live-Video-sitzung so perfekt zu fälschen? Es kommt mir alles so echt vor und natürlich *möchte* ich glauben, dass mein Vater lebt. Ich hoffe auf weitere Gespräche mit ihm und

nehme mir ganz fest vor, ihn zu testen. Aber letztend-
lich wäre ein persönliches Treffen die einzige Möglichkeit, alle Zweifel zu beseitigen.

Mit einem Mal fühle ich mich unheimlich müde. Ich
schleppe mich in mein Zimmer und schlafe auf der Stelle
ein.

34. TAG DREI BIS FÜNF

Die folgenden Tage werde ich von einer Veranstaltung zur anderen gejagt. Ich habe einen strikten Stundenplan mit jeweils fünf Minuten Pause zwischen den Einheiten. Zum Teil werde ich mit weiteren Anwärtern der TEA gemeinsam geschult, zum Teil habe ich Privataudienzen bei diversen Spezialisten. Jedes Mal, wenn ich versuche, über die Geschehnisse nachzudenken und sie zu analysieren, werde ich durch eine Aufgabe unterbrochen. Einmal sehe ich auf meinem Weg vom Mittagessen zum Schulungsraum eine Putzfrau mit einem Putzwagen. Ich kenne sie nicht und kann auch keinen Kontakt mit ihr aufnehmen, aber ich sehe, wie sie zu einem Zimmer am Ende des Korridors geht, das wie ein Facility-Raum aussieht.

An Tag vier und fünf werde ich jedes Mal in der Nacht geweckt und habe die Gelegenheit, mit meinem Vater zu sprechen. Ich bin müde und hellwach gleichzeitig. Wir reden über die Familie, ich erzähle ihm von Mama und den Brüdern und von meiner besten Freundin Millie. Hin und wieder baue ich kleine Fallen ein. Ich spreche von fünf Brüdern anstatt von vieren. Daraufhin fragt er mich, ob meine Mutter wieder geheiratet hat. Ich erzähle ihm, dass ich kürzlich einen seiner Lieblingsautoren in der Nationalbibliothek entdeckt habe, und er zitiert just die Zeile über das Schweigen. Was immer ich probiere, er gibt die richtige Antwort. Manchmal habe ich den Eindruck, er spürt, dass ich ihn teste, und hat Freude daran. Ein zarter Schimmer von Hoffnung glimmt in mir auf, dass ich vertrauen darf. Hin und wieder fragt er mich auch etwas zu meiner Agentur. Ich versuche, ausweichend zu antworten. Ich bin zerrissen, denn ich möchte Papa nicht belügen. Aber auch, wenn er es wirklich ist, kenne ich ihn ja nur, wie er vor über 20 Jahren war. Ich weiß nicht, was für ein Mensch er heute ist, selbst wenn wir verwandt sind. Außerdem sind die Frauen aus der Agentur seit vielen Jahren meine Ersatzfamilie und ich möchte sie beschützen. Gleichzeitig spüre ich, wie die »Umerziehung« hier langsam ihre Wirkung zeigt. Mich fasziniert die Organisation und wie viele Arbeitsgruppen es »zum Wohle der Menschheit« gibt.

Und inmitten dieser Schizophrenie hilft mir wieder einmal die gut eingeübte Erziehung des Regimes meiner Kindheit. Nach außen etwas anderes zu zeigen, während ich im Inneren unantastbar bleibe und meinen Gedanken nachhänge.

Am sechsten Tag in der Früh habe ich das erste Mal eine Aktivitätenlücke. Der Spezialist für grundbücherliche Eintragungen ist offensichtlich erkrankt. Erstmalig habe ich Zeit zum Recherchieren. Ich stromere durch die ausgedehnten Gänge und unterirdischen Gewölbe, probiere aus, in welche Räume ich hineinkomme und welche verschlossen bleiben. Ich versuche, einen Überblick zu bekommen über den gesamten TEA-Komplex, darüber, wo sich welche Abteilungen befinden, und präge mir alles, so gut es geht, mit einer Technik ein, die uns Rudi, der Nahkampftrainer, beigebracht hat. »Ohne Seife wische nie« ist zum Beispiel ein Merksatz für die Einteilung der Räumlichkeiten in Himmelsrichtungen.

Als ich an einem der Räume vorbeigehe, zu denen ich bisher noch keine Zutrittsberechtigung hatte, stocke ich. Die Tür ist einen Spalt geöffnet und ich sehe eine Wand voll mit Bildschirmen. Es sieht wie die Schaltzentrale der NASA aus. An einem der Computer sitzt derselbe junge Mann, der mir vor ein paar Tagen im Gang begegnet ist. Aber diesmal macht er eine Bewegung und auf einmal weiß ich, wer er ist. Es ist Elias, der Schauspielkollege von Zladko. Was um Himmels willen macht der hier?

Ich schleiche mich näher an die Tür heran und überlege, ob ich es wagen kann, den Raum zu betreten. Der Gang hinter mir ist leer, aber wer weiß, wie lange noch. Ohne groß nachzudenken, ziehe ich die Tür ein wenig weiter auf und schlüpfe in den Raum. Ich hocke mich hinter die letzte Tischreihe und spähe zwischen den Bildschirmen nach vorne zu Elias' Bildschirm, um zu erkennen, woran er arbeitet. Zum Glück bietet das Rauschen der Serverkühlung eine gewisse Geräuschkulisse.

Zuerst sehe ich mehrere übereinander angeordnete Zeilen, die aussehen wie Tonspuren eines Audioprogramms. Elias hat Kopfhörer auf, deswegen höre ich leider nicht, was er sich anhört. Er stoppt das Programm und beginnt zu sprechen. »Mein Liebes, ich muss leider in den kommenden Tagen zu einer TEA-Station in den Bergen. Das heißt, ich werde nicht erreichbar sein, und daher können wir uns vorläufig nicht mehr online treffen. Ich bin schrecklich stolz auf dich, meine geliebte

Tochter. Mach deine Arbeit gut! Sei stark, broscuță mea. Ich liebe dich, Ioana.«

Die letzten beiden Sätze treffen mich wie ein Blitz. Elias hat sie mit gefühlvoller Intensität gesprochen, wie schon damals, als ich den Schauspielschülern in Zladkos Wohnung bei der Probe zugeschaut habe. Ich spüre sie in meinem ganzen Körper. Aber wirklich erschütternd ist für mich der Inhalt. Warum spricht er zu mir, als wäre er mein Vater? Mein Puls rast und ich habe das Gefühl, dass endgültig der Boden unter meinen Füßen wegbricht. Als würde ich in freiem Fall durch das Universum sausen. Ich spüre, wie ich einem Blackout entgegensteuere, und lege mich flach auf den Boden, damit mein fallender Körper keinen Lärm macht. Aber der Blackout bleibt aus. Ich starre an die Decke mit den Lüftungsrohren, die kreuz und quer durch das Gewölbe führen, und konzentriere mich auf meine Atmung. Einatmen, ausatmen, einatmen, ausatmen.

Es ist also alles Lüge. Alles ist eine Lüge. Das Wort »Lüge« bläst sich in meiner Brust auf wie ein riesengroßer Luftballon, der mir die Luft abdrückt.

Ich höre, wie Elias etwas auf den Schreibtisch legt und aufsteht. Er geht zur Tür hinaus. Jede Faser meines Körpers spannt sich an. Ich rase zu seinem Arbeitsplatz. Es ist mir egal, ob mich jemand sieht. Ich möchte nur wissen, ob sich mein schrecklicher Verdacht, der mir die Kehle zuschnürt, bestätigt.

Ich bewege die Maus und stöhne. Die Bildschirmsperre hat noch nicht gegriffen und das Programm ist geöffnet. Das bedeutet aber vermutlich auch, dass Elias wieder zurückkommt und ich nur kurz Zeit habe. Ich orientiere mich in dem Programm, das aussieht wie eine Videoschnitt-Software. Ich setze mir die Kopfhörer auf und drücke auf den Video-Projekt-Vorschau-Button. Vor mir öffnet sich ein geteilter Bildschirm. Auf der einen Seite sehe ich das Gesicht von Elias, in der anderen Hälfte das meines Vaters. Beide Gesichter bewegen sich synchron, als wären sie eins miteinander. Die Intensität von Elias' Augen spiegelt sich in den bergseefarbenen Augen meines Vaters wider, der mir liebevoll vom Bildschirm entgegenblickt. Ebenso wie Elias. Elias lächelt, die wunderbaren Lippen meines Vaters lächeln. Ich höre die Stimme meines Vaters: »Mein Liebes, ich muss leider in den kommenden Tagen zu einer TEA-Station in den Bergen. Mach deine Arbeit gut! Seit stark, broscuță mea. Ich liebe dich, Ioana.«

Ich sitze still und höre den Zeiger einer Uhr, die an der Wand tickt. Eine analoge Uhr. Wie seltsam, in all dieser Künstlichkeit. Vielleicht das einzig Reale im ganzen Raum, der nur aus Betrug besteht. Dann drücke ich zum zweiten Mal auf den Wiedergabe-Button und schaue mir das Video noch einmal an.

Eine Mischung aus ohnmächtiger Wut und wilder Entschlossenheit steigt in mir auf. Ich beginne, mich durch weitere Dateien zu klicken. Ich finde eine Aufnahme von der Stimme meines Onkels und meines Bruders. Die Aufnahmen scheinen von der Familienfeier zu stammen. Mir dämmert, dass Sorin auf die Familienfeier gekommen ist, um Material zu generieren. Möglicherweise haben sie aus den Stimmklängen meiner nächsten männlichen Angehörigen die Stimme meines Vaters zusammengestoppelt. Ich höre mir nochmals das Video

meines Vaters an und entdecke immer mehr Ungereimt-
heiten.

Ich klicke weiter, denn mittlerweile ist mir völlig egal,
ob Elias zurückkommt. Ich finde eine Aufnahme von
Babykaktus, ebenso mit zweigeteiltem Bildschirm. Auf
der einen Seite Elias, wie er dem jungen Politiker Worte
in den Mund legt, die, sollten sie an die Öffentlichkeit
kommen, sicher das Ende seiner Laufbahn bedeuten würden.

Dann finde ich ein Video von Anastasia. Zur Abwechslung agiert hier nicht Elias, sondern eine hochgewachsene
Frau, die außer ihrer Größe wenig mit Anastasia gemein
hat. Ich bin mir sicher, würde ich lange genug suchen,
fände ich das Video von Evelyn und Astrid.

Am liebsten würde ich all diese Videos auf der Stelle
löschen, aber ich zügle meine Hände, denn ich weiß, dass
alles, was ich hier tue, gut überlegt sein muss. Nicht nur
mein Leben, sondern viele andere hängen davon ab.

Mit zittrigen Fingern ziehe ich die Kopfhörer vom
Kopf, lege die Maus an die Stelle zurück, wo ich sie auf-
gegriffen habe, und schleiche zum Ausgang. Ich verlasse
völlig unspektakulär den EDV-Raum und gehe mit ver-
steinertem Gesicht zu meinem Zimmer zurück. Unter-
wegs grüße ich roboterhaft die TEA-Mitarbeiter, die mir
auf dem Gang begegnen.

In meinem Zimmer lege ich mich aufs Bett, nehme mir
den Kopfpolster und schreie hinein.

Natürlich war das Video gefälscht. Ich erinnere mich
auch wieder Wort für Wort an die Ausführungen von
Ramesh über die Programme, mit denen man heutzu-

tage mit Leichtigkeit jeden Menschen sagen lassen kann, was man will. Die TEA ist perfekt organisiert und ihre EDV-Technik ist auf dem neuesten Stand. Ich glaube, wenn ich eine Waffe hätte, würde ich hinauslaufen und ein Massaker veranstalten. Wie konnten mich all diese Menschen an der Nase herumführen! Meinen innersten Wunsch, meinen Vater wiederzusehen, missbrauchen, um mich für ihre Zwecke zu benutzen. Wie kann man so abgrundtief böse sein?

Aber natürlich wusste ich das. Ich wusste, dass die TEA böse ist. Sie haben Yasemine auf dem Gewissen. Sie haben viele unserer Agenten verfolgt. Sie hätten beinahe mich getötet und auch meine Freundin Millie. Wie konnte ich all das verdrängen? Ich bin fassungslos über den Grad der Manipulation, den ich zugelassen habe.

Ich bin so wütend und traurig gleichzeitig wie noch nie in meinem Leben. Denn mit einem Mal habe ich die Gewissheit. Mein Vater ist tot und ich werde ihn niemals wiedersehen.

35. DIE NEUE WELT

Ich stehe vor dem Tor der Nationalbibliothek und fühle mich, als wäre ein Jahr vergangen. Die Sonne blendet mich und fühlt sich fast schmerzhaft an auf meiner Haut. Der Wind und der ungewohnte Straßenlärm fordern meine Sinne. Ich krame nach meiner Sonnenbrille, die mir Sorin beim Abschied mit den Worten »Die wirst du brauchen« überreicht hat.

Bei dem Gedanken an ihn läuft mir eine Gänsehaut über den Rücken. Die einzige Erklärung für mich, wie er eine so freundliche Ausstrahlung vortäuschen kann, während er mir gleichzeitig das Messer in den Eingeweiden umdreht, ist, dass er ein gefährlicher Soziopath ist.

Ich schwebe durch den Burggarten und ziehe mir erst mal meine Schuhe und Socken aus, um barfuß über die Wiese zu laufen, damit ich spüre, dass das die Realität und nicht nur ein Traum ist. So fühlt es sich nämlich an.

Ich weiß nicht, wie ich es geschafft habe, während des letzten Tages und der Abschiedszeremonie eine positive Ausstrahlung zu simulieren. Vielleicht bin ich ja auch ein Soziopath. Aber seit gestern ist mir mehr denn je klar, dass wir der TEA das Handwerk legen müssen.

Ich weiß nicht, was wirklich hinter ihren Weltretter-Parolen steckt, die so überzeugend klangen. Aber ich weiß, dass es nichts Gutes sein kann. Vermutlich hätte

Sorin eine logische Erklärung, warum sie mich manipulieren mussten. Um schnell handeln zu können. Aber nichts rechtfertigt eine solche Grausamkeit.

Ich denke an den Abschiedsschwur, bei dem ich gemeinsam mit fünf anderen TEA-Rekruten meine Treue der TEA gegenüber geschworen habe, und spüre den Genuss, mit dem ich all diesen Leuten ins Gesicht gelogen habe. Der Schwur in meinem Inneren lautete: Ich werde jedes einzelne Komplott der TEA gemeinsam mit meinen Kolleginnen der PSA aufspüren und zerstören.

Ich denke an Millie, mit der ich immer alles teile, und ich habe das Bedürfnis, mich zu ihr ins Bett zu verkriechen und ihr alles zu erzählen. Aber wenn Millie wirklich schwanger ist, darf ich sie auf keinen Fall in Gefahr bringen.

Neben mir sitzt ein junges Paar in der Burggarten-Wiese und veranstaltet ein kleines Picknick. Wie ich sie darum beneide, nichts von der Bösartigkeit der Welt zu wissen. Die Frau öffnet eine Schachtel und holt ein Samosa heraus und mit einem Mal ist völlig klar, an wen ich mich wenden werde.

36. BADEMANÖVER ZWEI

Ramesh kommt mit ungläubigem Blick und getigerter, superknapper Badehose, die ich gemeinsam mit meinem wild geblümten brasilianischen Triangelbikini bei einem Discounter gekauft habe, aus der Umkleidekabine. Er greift im Vorbeigehen schnaubend meine Hand und steuert auf ein Ruderboot zu, weil kein Tretboot frei ist. »Deine Geschichte muss gut sein, wenn du willst, dass ich dich nicht ertränke«, raunt er.

Eine Viertelstunde später schwimmen wir beide an unserem abgelegenen Ort neben dem Boot in der Alten Donau.

Er mustert mein Gesicht. »Du siehst ein bisschen blass aus. Bist du sicher, dass es eine gute Idee ist, schon zu schwimmen nach deiner Kehlkopfentzündung?«

Ich habe den SMS-Verlauf auf meinem Handy gelesen, den die TEA-BAGs für mich an meine Kontakte verschickt haben. Ich war erschüttert darüber, wie gut sie meinen Tonfall imitiert haben und wie überzeugend ihre Geschichten waren, die sie in alle Richtungen ausgesandt haben, um zu verhindern, dass irgendjemand nach mir sucht.

»Ich hatte keine Kehlkopfentzündung. Ich war eine Woche lang in der TEA-Zentrale.«

»Du warst *was*?« Jetzt sehe ich, wie Ramesh blass

wird und mit den Armen rudert, um nicht unterzugehen. »Fuck, ich hatte gleich ein komisches Gefühl. Oh
my god. Wie bist du entkommen?« Er zieht mich zu sich
heran und scannt mein Gesicht und alles, was unter der
Wasseroberfläche sichtbar ist. Das ist schlecht für meine
Konzentrationsfähigkeit. Das Bikini-Oberteil ist winzig
und für meinen Geschmack zu durchsichtig und Ramesh
ist mir viel zu nahe. Ich schließe meine Augen, was auch
ein Fehler ist, denn nun rieche ich seinen mittlerweile
vertrauten, leicht blumigen Geruch, spüre seine Hände
um meine Taille noch deutlicher. Das Boot drückt mich
noch näher an seinen Körper.

»Ich glaube, es ist besser, wenn wir im Boot weiter-
sprechen«, höre ich seine leicht gequälte Stimme an meinem Ohr.

Ich nicke verlegen und klettere ins Boot, wobei dieser verfluchte Bikini vermutlich jede einzelne Delle an
meinem Hintern bestens in Szene setzt. Ich lege mich
auf den Boden des Bootes und versuche, meinen Atem
zu beruhigen.

»Komme gleich«, höre ich Ramesh im Wasser und
dann etwas, das nach einem indischen Fluchen klingt.
Nach ein paar Minuten landet er neben mir im Boot.

Er starrt in den Himmel und atmet ein paarmal tief
durch, als ob er Schmerzen hätte.

»Also, wie bist du entkommen?«

Ich schaue auch in den Himmel. Das hilft ein wenig,
um mich von seiner Anziehungskraft abzulenken. So
liegen wir nebeneinander im Boot und ich beginne zu
erzählen. Vom Plan der TEA, Grundstücksurkunden zu
fälschen, den diversen Kampagnen und EDV-Projekten.

Als ich zu dem Teil mit meinem Vater komme, beginnt meine Stimme zu zittern. Ramesh nimmt meine Hand und streichelt sie.

Als ich gerade dabei bin, die Abschlusszeremonie zu beschreiben, hören wir das Surren einer Drohne über uns.

Mist, sie haben uns aufgespürt. Mir fällt nichts anderes ein, als mich auf Ramesh draufzurollen und ein Handtuch über uns zu ziehen.

Ich beginne, meinen Körper an seinem zu reiben, und bewege meine Hüften im Kreis, um vorzutäuschen, dass wir es miteinander treiben.

Ich höre Ramesh unter mir stöhnen. »Was machst du da?«

»Mach einfach mit«, flüstere ich und spüre, wie sich die kleinen Bikinidreieckchen durch die kreisförmigen Bewegungen unter meine Arme verschieben und ich dadurch mit meinen Brustwarzen an Rameshs samtigem Oberkörper entlangreibe. Mein ganzer Körper verwandelt sich in eine erogene Zone.

Rameshs Hände fahren langsam meine Taille entlang, verweilen kurz auf meinen Hüftknochen und beginnen dann meinen Hintern zu streicheln und näher zu sich zu ziehen.

Jetzt keuche ich: »Was machst du da?«

»Ich mache mit«, murmelt Ramesh und knabbert an meinem Ohrläppchen. Ich spüre, wie sein Knie zwischen meine Oberschenkel wandert, und schnappe nach Luft.

Als Nächstes spüre ich seine Lippen auf meinem Mund. Sie sind weich und sinnlich und verschmelzen mit meinen. Seine Zunge beginnt sich ihren Weg in meinen Mund zu bahnen. In mir kippt etwas und mit einem Mal habe ich alles um mich herum vergessen. Ich spüre nur noch Ramesh unter mir und wie die Hitze in meinem Körper aufsteigt. Ich küsse ihn mit einer Leidenschaft, die neu für mich ist, und bin bereit, alle Hemmungen fallen zu lassen. Das Leben ist kurz. Da spüre ich, wie Rameshs Bewegungen aufhören.

»Ich glaube, sie ist weg.«

»Wer ist weg?«

»Die Drohne.«

»Oh, ja, das ist gut.«

Wir liegen schweigend aufeinander, unentschlossen, was als Nächstes zu tun ist. Solange ich auf ihm liege, muss ich ihm wenigstens nicht in die Augen schauen. Aber schließlich können wir nicht ewig in diesem Boot bleiben und so beginne ich, die Bikiniteilchen aus diversen Ritzen zusammenzusammeln, um mich wieder halbwegs angezogen aufzusetzen.

Ramesh sieht supersüß aus. Er sieht mich mit großen, verlegenen Jungsaugen an, seine Haare stehen in alle Richtungen. »Ioana, wir müssen, glaube ich, darüber reden, was gerade passiert ist.«

Ich nicke und wünschte mir, wir müssten nicht darüber reden, sondern könnten einfach so tun, als hätten wir unser erstes Date gehabt, das ein wenig aus dem Ruder gelaufen ist.

»Aber zuerst müssen wir uns um einiges kümmern.« Er nimmt die Ruder und lenkt das Boot in Richtung Realität.

37. DAS SCHIFF WENDET

Alles ist wie immer und doch ist nichts, wie es war. Ich sitze zwischen Millie und Chica eingepfercht im Konferenzzimmer und wir warten auf die wöchentliche Auftragsbesprechung. Eigentlich sollte sie schon angefangen haben, doch Ramesh fehlt noch. Aber es ist nicht nur mein Gefühl, ein Jahr lang weg gewesen zu sein. Das gesamte Klima im Raum ist wie ausgewechselt. Wo normalerweise vor dem Meeting orkanartiges Geschnatter herrscht, macht sich bedrücktes Schweigen breit. Die meisten Agentinnen starren in ihr Handy oder zum Fenster hinaus oder an die Decke. Der traditionelle Gugelhupf und der Kaffee in der Mitte des Konferenztisches sind unangerührt. Millie und ich schauen uns an und nicken. Wir füllen Kaffee in die Tassen und beginnen, lautstark mit den Löffeln in den Tassen zu klingeln. Das geräuschvolle Gerühre hat schon früher geholfen, peinliche Situationen zu überbrücken.

Nichts passiert.

Anastasia schiebt ihren weißblonden Haarvorhang zur Seite, hinter dem sie sich versteckt hat, und meint: »Das wird euch heute nichts helfen.«

»Wieso?«, nutze ich die Gelegenheit, dass endlich jemand den Mund aufmacht.

Anastasia zuckt mit den Schultern und verschwindet wieder hinter dem Haarvorhang. Ich richte mich an Chica. »Was ist los?«

Chica sieht mich mit leeren Augen an. »Ich werde morgen abgeschoben. Heute ist mein letzter Tag hier. Ab übermorgen werde ich wieder zu zehnt mit meiner Familie in einer Blechhütte in den Favelas wohnen und so lange frustessen, bis sie meinen aufgedunsenen Körper mit einem Kran zum Friedhof Santa Maria de la Cruz befördern. Vielleicht trinke ich auch Caipirinha, bis ich eine Leberzirrhose bekomme. Das geht schneller.«

Astrid nickt. »Ich gehe heute Nachmittag zum Karlsplatz und besorge mir eine Packung Ecstasy. Denn als Nächstes wird mich mein Vater nach Hause beordern und ohne Betäubung überleb ich das nicht.«

Anastasia fährt sie an: »Ihr seid Schisser. Ich geh sicher nicht zurück. Es gibt noch andere schöne Länder in Europa.«

Offensichtlich hat die TEA in meiner Abwesenheit ganze Arbeit geleistet.

Susi betritt den Raum und verlautbart, dass das Meeting sich noch weitere 15 Minuten verzögern wird. Sie ist eine der wenigen, die mit den Entwicklungen zufrieden zu sein scheint.

Ich flüstere Chica ins Ohr: »Krisenmeeting in der Damentoilette jetzt, geh los.« Ich spreche noch Anastasia, Astrid und Millie ins Ohr und eine nach der anderen verschwindet. Dann verlasse auch ich den Raum.

Auf dem Klo angekommen, drehe ich alle Wasserhähne auf, um eine Geräuschkulisse zu erzeugen.

Ich atme tief ein und ziehe die anderen so nahe wie möglich an mich heran. »Ich war letzte Woche in der

TEA-Zentrale«, eröffne ich ohne Umschweife, denn wir haben nicht viel Zeit.

»Du warst *was*?«, zischelt Millie. Alle anderen starren mich mit offenem Mund an.

»Es ist eine lange Geschichte und dafür haben wir jetzt keine Zeit. Offiziell bin ich jetzt ein TEA-BAG.«

Anastasia kichert hysterisch und ich sehe, wie ihre alte Begeisterung für Extremsituationen in ihren Augen erstrahlt.

»Ich weiß, dass all eure Probleme Manipulationen der TEA sind. Du hast nicht gekokst, Astrid. Und du hast nichts geklaut, Anastasia. Und du hast keine falschen Einwanderungspapiere, Chica. Und im Übrigen hat Evelyn auch keine armen unschuldigen Rekrutinnen verführt.«

Ich spüre ein Zittern durch die kleine Gruppe laufen. Astrid hat glänzend feuchte Augen, schluckt offensichtlich Tränen hinunter und sagt krächzend: »Klar, das wusste ich natürlich.« Anastasia flucht auf Russisch und tritt gegen die Wand, wodurch sich der Papierspender öffnet und sich ein Schwall Papiertücher auf den Boden ergießt. Chica tanzt einen kleinen Samba.

»Astrid, was für Beweise gibt es für deinen Drogenkonsum?«

Astrid schnieft und wischt sich die Nase an ihrem Ärmel ab. »Ich hab in einem Lokal die Toiletten gereinigt und da gibt es scheinbar im Waschraum eine Kamera. Da sieht man auf den Videoaufnahmen, wie ich mir in aller Ruhe eine Line vorbereite und in die Nase ziehe. Aber, Scheiße, ich hätte gar nicht die Zeit dafür gehabt und schon gar nicht würde ich mir das Zeug auf einem öffentlichen Waschtisch reinziehen.«

Ich klopfe ihr auf die Schulter. »Natürlich nicht, du bist ein Hygieneprofi. Anastasia, was für Beweismaterial gibt es bei dir?«

»Ich hab bei der Bloggerin geputzt und da gibt es ein Video, wie ich angeblich Geld aus ihrer Handtasche geklaut habe.«

»Also auch ein Video«, fasse ich zusammen. »Chica?«

Chica fällt gerade in sich zusammen. »Bei mir gibt es kein Video. Nur die Einwanderungspapiere, wo ein falsches Geburtsdatum und falscher Ort draufstehen. Heißt das, dass ich doch abreisen muss?«

»Nein, es heißt nur, dass sie eine spezielle Technik haben, um Dokumente zu fälschen. Und ich glaube, ich weiß jetzt auch, wo mir diese Technik das erste Mal begegnet ist und wie wir das rückgängig machen können.«

Vier Augenpaare sind hoffnungsvoll und voller Bewunderung auf mich gerichtet.

In Millies Augen stehen Fragezeichen. »Und wie klären wir das auf?«

»Das Problem ist, wir können nicht den üblichen Weg gehen, denn es gibt einen TEA-Spion in unseren Reihen.«

Anastasia schnaubt. »Ja, zum Teufel, und er steht in unserem Kreis.«

Ich verdrehe die Augen. »Außer mir.«

Millie fragt: »Was sollen wir dann tun?«

»Nun, optimalerweise zerschlagen wir die TEA. Aber weil das kurzfristig eine schwer machbare Option ist, könnten wir vorher die Server, auf denen das Videomaterial gespeichert ist, kapern. Ich glaube, ich weiß, wo die Server stehen.«

Wir hören ein Geräusch hinter uns. In Sekundenschnelle hat jede von uns eine Position eingenommen. Astrid hat ihre Hosen runtergezogen und hockt auf dem Klo. »Kann mir mal jemand Klopapier rüberwerfen? Hier ist aus.«

Chica putzt an einer Toilettenschüssel herum »Wer hat bitte bei uns Kloputzdienst? Das sieht ja aus, als wären hier Hausfrauen am Werk.«

Anastasia steht mit Lippenstift vor dem Spiegel und zieht sich die Lippen nach. »Du solltest auch ein bisschen auftragen, Ioana, du siehst blass aus.« Sie hält mir den Lippenstift hin und ich greife danach, während ich im Spiegel sehe, dass hinter uns Susi die Toilette betritt und uns mit zusammengekniffenen Augen ansieht. Aus der hintersten Kabine höre ich Millie würgen. Ich befürchte, dass *das* kein Theater ist.

38. FATUSHES VEREHRER

Fatushe und Ivan sitzen an ihrem Stammplatz in der Lobby, das obligatorische Schachbrett auf dem Tisch zwischen ihnen. Ich frage mich, ob es sich immer noch um das gleiche Spiel handelt, denn ich kann keinen großen Unterschied zu meinem ersten Besuch erkennen. Beide sehen wohlauf und gut gelaunt aus, weswegen ich ihre SMS, die ich heute Morgen von ihr erhalten habe – »Ioana, es geht um Leben oder Tod, kommen Sie schnell« – nicht ganz nachvollziehen kann. Ich bin in Zeitnot. Ramesh, Millie, Chica, Anastasia, Astrid und ich haben uns verabredet, um die Operation »TEA beuteln« zu planen. Dabei geht es im Prinzip darum, die Zentrale der TEA zu stürmen, die Videos und optimalerweise die gesamte Infrastruktur der TEA zu zerstören. Wie wir das machen wollen, ist noch völlig unklar, denn die Gemäuer der Hofburg abzubrennen, würde der PSA schlechte Presse einhandeln und übers Ziel hinausschießen.

Um 18 Uhr habe ich meinen ersten Report bei der TEA und werde Sorin treffen. Das macht mich nervös, denn er ist ein geübter Lügner und durchschaut wahrscheinlich genau deswegen gut, wenn sein Gegenüber schwindelt.

Aber Evelyn hat mir nun mal ihre Mutter anvertraut

und die SMS von ihr klang wirklich dringend. Vermutlich geht es um den ungenießbaren Pudding, den es zum Nachtisch gab.

Ich lasse mich auf den Sessel zwischen Ivan und Fatushe sinken. »Da bin ich. Wo brennt's?«

»Du kommst spät. Wir haben viel zu tun«, sagt Fatushes Verehrer zu mir.

»Entschuldigung?«, frage ich verblüfft. Was meint er damit? Und seit wann duzen wir uns?

Der freundliche alte Herr tätschelt Fatushes Hand. »Meine Liebe, wir machen einen kurzen Spaziergang und du hältst die Stellung, okay?«

Fatushe blickt ihn erschrocken an »Geht es um Kennedy?«

Ivan nickt, greift nach seinem Gehstock und rappelt sich mühselig aus seinem Sessel hoch. Dann trippelt er langsam in Richtung Ausgang, nicht ohne dabei jeder vorbeigehenden Schwester wohlwollend aufs Hinterteil zu glotzen.

Kurz überlege ich, ob ich den alten Lustmolch einfach in den Park spazieren lasse und mich auf den Weg zu Sorin mache. Aber etwas an seiner Art wirkt zwingend auf mich, also folge ich ihm zu einer Parkbank neben einem Springbrunnen, auf der er sich umständlich niederlässt.

»Wo warst du so lange und habt ihr die Quelle der Videos gefunden?«

Ich stutze und schaue Fatushes Verehrer in die Augen. Sie sind gar nicht mehr alt und müde, sondern durchbohren mich mit einer Klarheit, die ich sonst nur von einem Menschen kenne. Das gibt es doch nicht. »E… Evelyn?«

Die linke Augenbraue von Ivan zieht sich süffisant in die Höhe. »Dafür hast du echt lange gebraucht.«

Ich lasse einen Schrei aus und umarme sie. »Oh Gott, tut das gut, dich zu sehen.«

»Lassen Sie das sofort wieder sein, junge Frau«, zischt Evelyn, aber ich merke, wie sie sich auch freut.

Wahnsinnsverkleidung. Das muss man ihr lassen. Selbst ich hätte den Backenbart nicht so natürlich hinbekommen. Jetzt, wo ich weiß, dass es Evelyn ist, erkenne ich schon ihr Gesicht. Und Evelyns Stimme ist natürlich ohnehin sehr männlich in ihrer Klangfarbe. Ein bisschen Gehüstel und Heiserkeit und fertig ist die brüchige Stimme eines alten Lebemanns.

Ich ziehe an dem Backenbart und bekomme einen Schlag mit dem Spazierstock gegen mein Schienbein. »Aua!«

Evelyn erzählt mir, wie sie den Schergen der internen Revision durch ein klassisches Putzkammerl-Manöver entkommen ist. Aufs Klo gehen, den Putzraum identifizieren, der sich sehr häufig in oder neben der Toilettenanlage befindet, sich eine Reinigungsuniform anziehen und mit einem möglichst großen Putzwagen geschäftig das Kammerl verlassen. »Daran sieht man, dass die mit echter Einsatzarbeit wenig Erfahrung haben«, beendet sie ihren Bericht.

Nachdem ich ihre Profiverkleidung ausgiebig begutachtet habe, fasse ich meine Woche in der Zentrale der TEA so kurz zusammen, wie es geht. Bei dem Bericht über die gefälschten Videokonferenzen mit meinem Vater muss ich ein paar Tränen wegblinzeln. Evelyn stellt gezielte Fragen und stochert dabei mit dem Spazierstock im Kies vor der Parkbank.

»Ioana, ich bin wirklich stolz auf dich«, sagt sie und diese Worte meiner Chefin, die mich so gut kennt wie nur wenige Menschen, öffnen dann doch ein paar Schleusen bei mir.

39. EINSATZZENTRALE
SENIORENRESIDENZ

Fatushes Seniorenapartment sieht aus wie die Einsatz-zentrale des FBI. Millie und die Mädels haben sich auf Fatushes Bett verteilt. Jede von ihnen hat einen Laptop oder ein Tablet auf dem Schoß. Ramesh lehnt in der Eingangstür, um zu verhindern, dass eine eifrige Betreuerin nach dem Rechten sieht. Evelyn besetzt den Schaukelstuhl und sieht nach wie vor aus wie der Inbegriff eines gütigen Großvaters.

Fatushe steht am Fenster, »um die Lage zu sondieren«, wie sie uns erklärt hat. »Frau Merkel wird von der Rettung zurückgebracht«, meldet sie.

Ich stehe vor der Wand, an die wir einen Bauplan des Hofburg-Areals geworfen haben, und versuche, aus dem Gedächtnis zu erklären, wo sich welche Räumlichkeiten der TEA befinden. »Da ist die Kantine. Dort der Schulungsraum. Hier ist der Facility-Raum. Ich habe vom Putzpersonal niemanden erkannt, was nicht ausschließt, dass wir Verbindungen aufbauen können.« Das Putzfrauen-Netzwerk ist sensationell. Scheuermittel ist dicker als Blut, möchte ich fast sagen.

Ich beschreibe die Putzfrauen, die ich gesehen habe, so gut ich kann, und Astrid, die eine gute Zeichnerin ist, beginnt, an einem Fahndungsbild zu arbeiten.

»Der Serverraum mit den Videos befindet sich ungefähr hier.« Ich mache einen Kreis auf der Wand. Als ich kapiert habe, dass ich betrogen worden war, hab ich an meinen letzten Tagen in der TEA-Zentrale, so gut ich konnte, begonnen, die Entfernungen mit Schritten abzuzählen. »Hier ist der Eingangslift, aber es muss noch andere Möglichkeiten geben, von außen hineinzukommen.«

Anastasia, unser EDV-Genie, beginnt, Baupläne der Gemeinde Wien zu hacken und nach alten Tunneln der Hofburg zu recherchieren.

»Heute nur zwei Clowns«, meldet Fatushe vom Fenster.

»Anastasia, wir werden ein gutes Virus brauchen, das rasch und effizient ist. Gleichzeitig bräuchten wir eine Kopie, damit wir bei den Erpressungsfällen Aufklärung betreiben können«, gibt Evelyn Anweisungen.

»Millie, ich möchte auch die Hardware der TEA in unbrauchbarem Zustand hinterlassen, denk dir da was aus.«

Millie nickt. »Vielleicht können wir Deckensprenkler nutzen. Jojo, gab es da welche? Oder doch besser ein Wasserrohrbruch, der den ganzen Keller flutet?«

Evelyn nickt. »Gute Idee, die Renovierungsarbeiten würden eine baldige Rückkehr der TEA in ihre Büros verhindern, denn Sanierungsarbeiten an öffentlichen Gebäuden können sich über Jahre hinziehen.«

Ich befürchte, Frau Schubert, die beige Bibliothekarin, wird einen Nervenzusammenbruch erleiden, denn im Keller befinden sich auch die alten Handschriften.

Irgendetwas in meinem Hirn beginnt zu rumoren. Es hat mit Fatushes Bemerkung über die Clowns zu tun.

Ich versuche, mich an die Gesichter der Clowns zu erinnern, die ich nur am Rande des Geschehens in der Aula wahrgenommen habe. Der junge, mondgesichtige Clown mit den ausdrucksvollen Augen hat mich immer an jemanden erinnert. Und plötzlich fällt es mir wie Schuppen von den Augen.

»Fatushe, sind die Clowns noch draußen?«, frage ich.

»Nö, die haben Frau Merkel beim Reinschieben bespaßt.«

Ich reiße die Tür auf und laufe in die Lobby. Tatsächlich stehen da heute nur zwei Clowns, nicht wie sonst ein Trio, und singen ein Ständchen für eine sehr blasse Heimbewohnerin, die sich hilfesuchend nach einem Pfleger umsieht.

»Hallo«, spreche ich den einen Clown an.

Er sieht sich zuerst suchend um und schaut dann in seine weite Hosentasche. »Hallo?« Er horcht intensiv in seine Tasche hinein. Dann wendet er sich mit besorgtem Gesicht an mich »Nein, tut mir furchtbar leid, hier ist er nicht. Wann haben Sie ihn denn das letzte Mal gesehen? Ist Hallo ein Männchen oder ein Weibchen?«

Der zweite Clown fügt hinzu: »Oder unbestimmten Geschlechts?« Er nimmt ein imaginäres Klemmbrett zur Hand. »Ist er/sie Raucher? Diabetiker? Katholisch? Ich glaube, ich habe heute früh einen katholischen Hallo in der Kapelle gesehen.«

Die beiden sind total süß, aber ich habe gerade überhaupt keine Zeit und daher gehe ich auf das Spiel nicht ein.

»Hey, ich brauche eine ernsthafte Auskunft von euch. Habt ihr einen Kollegen namens Elias?«

Die Gesichter der beiden ändern sich schlagartig und sie werden zu zwei besorgten Erwachsenen. »Ja, Elias, hast du etwas von ihm gehört? Wir versuchen ihn seit Tagen zu erreichen. Wir machen uns Sorgen.« Der Größere legt seine Stirn demonstrativ in Sorgenfalten.

»Ja, ich mir auch, danke.« Ich rase zurück in Fatushes Apartment.

»Ich habe mich geirrt, es gab doch einen TEA-BAG hier im Heim. Es ist der Schauspielkollege von Zladko«, keuche ich außer Atem.

Millie runzelt die Stirn. »Wo ist Zladko diesmal wieder reingeraten?«

Evelyns Hand streicht nachdenklich über ihren falschen Bart. Die Geste scheint sie so verinnerlicht zu haben, dass sie sie wohl auch noch verwenden wird, wenn der Bart längst ab ist. »Das heißt, wir waren unter Beobachtung und können nicht sagen, was die TEA weiß. Das gefällt mir gar nicht. Ioana, ich glaube, es wäre gefährlich, wenn wir dich zu dem Treffen heute Abend gehen ließen.«

»Ich muss aber. Sorin hat gesagt, dass wir den Grundbucheinsatz planen, und ich weiß nach wie vor nicht, wie sie das Drehbuch und Chicas Einwanderungspapiere gefälscht haben. Und die Grundbuchurkunden«, erwidere ich, fest entschlossen, mich durch nichts aufhalten zu lassen. Für mich gibt es nur noch den kompromisslosen Weg nach vorne, denn ich will mich nicht mein Leben lang vor der TEA fürchten.

»Hm, hm.« Evelyns Bart hängt schon etwas schief herunter vor lauter Geziehe. »Anastasia, schaffst du es, den Chip von Ioana zu hacken? Dann wissen wir wenigstens, wo sie sich befindet und wie es ihr geht, falls man ihr das Handy abnimmt.«

Anastasias Augen leuchten. »Klaro, Boss.«

»Und, Ioana? Ich erwarte die erste Meldung um Mitternacht.«

40. DIE GRUNDBUCHAKTE

Es fühlt sich an, als würde jeder Muskel in meinem Gesicht unkontrolliert zucken, als ich Sorins forschenden Blick auf mir spüre.

»Wie war dein erster Tag als Doppelagentin? Gar nicht so leicht, oder?« Er schlägt einen kollegialen Ton an, so von Doppelagent zu Doppelagent. Aber ich brauche nur kurz an das gefälschte Video meines Vaters zu denken, damit ich seine Nettigkeit richtig einordne.

»Ja, nicht leicht. Ich hab es gemacht, wie du gesagt hast, und möglichst meinen natürlichen Tagesrhythmus aufrechterhalten.

Sorin grinst. »Mit so einem Rhythmus kommt man manchmal ganz schön ins Schwitzen.«

Was heißt das? Dass die Drohne auf der Alten Donau tatsächlich von der TEA war und sie jetzt alle meinen Hintern im zu kleinen Bikini vom Großbildschirm kennen?

»Wir haben unseren Einsatz wegen der Grundbuchsache vorverlegt. Da drüben wartet der Bus. Ihr fahrt jetzt noch aufs Land. Wir beginnen mit einem kleineren Amt in einer Bezirkshauptstadt. Die letzte Einweisung von Herrn Bacher bekommt ihr direkt im Bus.« Sorin schiebt mich zur Tür raus in Richtung Straße, wo ein Kleinbus wartet, der bereits voll besetzt ist.

»Mach deine Sache gut, dann gibt es eine Belohnung.«
Er zwinkert mir verschwörerisch zu.

Mir schaudert. Ich weiß, dass er auf ein vermeintliches Treffen mit meinem Vater anspielt, und ich möchte ihm ins Gesicht spucken und ihn anschreien, was für ein krankes Schwein er ist, dass er mit meiner Sehnsucht nach einem verlorenen Menschen spielt. Aber ich zwinge meine zuckenden Gesichtsmuskeln zu einem Lächeln und sage: »Das wäre super.«

Außer mir sitzen noch drei Teilnehmer im Bus, die ich aus der Schulung kenne. Keiner von ihnen ist professionelle Putzkraft, aber da wir in einem öffentlichen Amt arbeiten, und das nachts, ist die Gefahr nicht so groß, dass wir auffallen.

Herr Bacher dreht seinen Sessel so, dass er uns anschauen kann, und beginnt mit einer kleinen Ansprache.

»Wie Sie vermutlich in der letzten Woche mitbekommen haben, ist es ein Kinderspiel, elektronische Informationen zu fälschen. Datenbanken kann man knacken. Konten verändern. Man kann Identitäten erfinden, die in der digitalen Welt ein reges Leben führen, einkaufen, ihre Meinung auf Facebook und Co. zum Besten geben, Wähler beeinflussen. Die Möglichkeiten hier sind unendlich und die virtuelle Realität entwickelt sich gerade zu einer wahren Kunstform. Ich denke, sie wird über kurz oder lang die wirkliche Realität ersetzen.« Den letzten Satz hat er mehr zu sich selber gesprochen als zu uns. Ich schaue in die Gesichter meiner Mitfahrer, ob sie das Gesagte ebenso gruselig finden wie ich. Doch die Mehrheit nickt begeistert.

»Aber wir haben einen Feind. Das Papier. In den letzten Jahrzehnten arbeiten wir daran, es zu vernichten. Dokumente, alte Schriften, Bücher und nicht zuletzt Geldscheine. Sie entziehen sich hartnäckig unserer Kontrolle. Ein historisch gewachsenes Problem. Es gibt langjährig ausgefeilte Verfahren, die Echtheit von alten Dokumenten nachzuweisen. Das liegt daran, dass hier die Wissenschaft viele Jahre Zeit hatte, bei ihren Untersuchungsverfahren aufzuholen. Papier gab es schon bei den alten Ägyptern. Die EDV ist verhältnismäßig jung. In der virtuellen Welt haben wir im Vergleich zu privaten Organisationen, demokratischen Systemen und Behörden die Nase meilenweit vorne. Ich muss sagen, das Papier *war* unser Feind.« Herr Bacher hüstelt kichernd, als hätte er einen guten Scherz gemacht. Dabei wird seine Stupsnase kraus und er sieht aus wie ein boshaftes Kaninchen. »Denn wir haben ein neues, einfaches Verfahren entwickelt, dass uns erlaubt, gewünschte Änderungen auf bestehenden Papieren mit relativ geringem Aufwand durchzuführen, bis ein offizielles Nachfolgedokument in unserem Sinne ausgestellt werden kann. Wir haben einen Mikrochip entwickelt, der, wenn man ihn auf eine Seite aufklebt, ein Hologramm erzeugt, das den gewünschten Text darstellt. Dadurch bleibt das ursprüngliche Papiermaterial vollständig erhalten und hält jeder Prüfung stand. Die Chips sind so klein, dass sie mit bloßem Auge nicht sichtbar sind.« Herr Bacher schwafelt weiter vor sich hin, während ich in einer Parallelwelt versinke.

Das Textbuch. Oscars Verzweiflung über den falschen Text. Elias' Anwesenheit bei den Proben. Alles passt mit einem Mal zusammen wie die Stücke eines Puzzlespiels.

Oscars Tod geht auf Kosten der TEA.

Aber warum? Warum musste Oscar sterben? Hat er den Mikrochip entdeckt? Aber wie? Wenn die Dinger so klein sind, wie Herr Bacher sagt, wie kann er ihn dann gesehen haben? Das Bild von Elias kommt in mir hoch, wie er meinen Auftritt mit seiner Handykamera gefilmt hat. War er von Anfang an auf mich angesetzt? Und was hat er mit meinem Film vor? Das zumindest kann ich mir selbst beantworten. Vermutlich wird er archiviert, bis die TEA ihn braucht, um ihn gegen mich einzusetzen. Ich frage mich, woher sie das Filmmaterial von meinem Vater haben. Irgendeine Vorlage muss es gegeben haben. Damals gab es noch nicht an jeder Ecke eine Handykamera. Ich verbringe die gesamte Fahrzeit damit, mir Fragen zu stellen und Antworten zu finden.

Der Einsatz im Bezirksamt ist unspektakulär. Der Wachbeamte am Eingang schaut kaum von seiner Zeitschrift hoch, als wir durchgehen. Meine Kolleginnen sind bemüht, aber völlige Luschen, was das Putzen betrifft. Ich bin gerade dabei, einige Grundbuchakten zu durchsuchen, als draußen am Gang ein Kollege schreiend einer wild gewordenen Scheuer-Saugmaschine hinterherrennt. Es ist der T500, gutes Gerät, aber eine glatte Lüge, dass er unkompliziert zu bedienen und leichtgängig sei. Der Vertreter, der das Teil an die Büroverwaltung verkauft hat, soll mal 20 Kilometer damit rumschrubben und dann wiederholen, dass der wie von selbst fährt.

Die Regale hier erinnern mich an die der Nationalbibliothek. Der gleiche Staub-Papier-Geruch. Ich weiß mittlerweile, dass man den Geruch bei Büchern entweder durch einen kurzen Gefriertruhenaufenthalt oder mit ein bisschen Backpulver gut wegbekommt. Ersteres würde auch gegen die Bücherläuse helfen, die hier im Archiv offensichtlich eine kleine Wohngemeinschaft eröffnet haben. Aber die Reinigung ist heute nicht meine Aufgabe, auch wenn es mir aufgrund meines Berufsethos schwerfällt, über diese Mängel hinwegzusehen.

Ich habe die erste Urkunde gefunden. Ich stecke mir die Lupe ins Auge und löse vorsichtig mit einer Pinzette den Minichip von der Klebefolie und platziere ihn auf die angegebene Stelle des Grundbuchdokuments. Im selben Moment sehe ich, wie sich wie von Zauberhand das Schriftbild ändert. Das heißt, das Schriftbild ist eigentlich ident, aber wenn man genau hinsieht, stehen da neue Eigentümer, neue Unterschriften, ein anderes Datum. Ich bin fasziniert. Ich halte das Dokument gegen das Licht und drehe es hin und her. Nichts verändert sich. Und ohne meine Lupe kann ich den Chip absolut nicht erkennen.

Völlig klar, dass Oscar keine Chance hatte, diesen Trick zu entlarven. Fragt sich, wie er dennoch dahintergekommen ist. Er scheint ja kurz vor seiner Ermordung etwas herausgefunden zu haben.

Die andere Frage, auf die ich absolut keine Antwort finde, ist, warum die TEA daran interessiert war, ein Theaterstück zu verändern.

Wir arbeiten circa vier Stunden, dann sind alle gewünschten Dokumente manipuliert. Ich versuche, mir die Namen und Orte der gefälschten Urkunden zu merken, damit ich später bei der Aufklärung helfen kann. Mein Handy hat Sorin zusammen mit denen der anderen eingesammelt, deswegen kann ich keine Fotos machen.

Gegen halb elf sind wir fertig und werden von dem Kleinbus bereits vor der Tür erwartet.

41. DIE MASKEN FALLEN

Als ich am Heldenplatz aussteige und mit den anderen in Richtung U-Bahn gehen will, fängt mich überraschenderweise Sorin ab. Irgendetwas an ihm wirkt anders, aber ich kann nicht genau sagen, was es ist. Mehr ein Gefühl.

»Wie war der Einsatz?«, fragt er, wieder ganz Kollege, und legt mir die Hand so auf die Schulter, dass er mich in Richtung Nationalbibliothek dreht.

»Ja, gut. Die Technologie mit den Chips ist beeindruckend. Ich frage mich, ob es passieren kann, dass sie sich vom Papier lösen«, starte ich einen Versuchsballon.

»Nun, da müsste man ordentlich dran rumschrubben und genau wissen, wo sich der Chip befindet«, antwortet Sorin und beobachtet mein Gesicht. »Ich möchte, dass du noch kurz in die Einsatzzentrale kommst. Dein Vater hat sich gemeldet und möchte dich sprechen.«

Echt jetzt? Ich bin todmüde, und da ich nun weiß, dass ich mit Elias kommuniziere und nicht mit meinem Vater, fällt es mir schwer, Enthusiasmus vorzutäuschen. »Das ist ja super!« Sorin trainiert wirklich mein Pokerface.

Wir betreten das Gebäude durch einen Nebeneingang. Ich nehme an, nicht einmal Professor Rosa kann argumentieren, was er um Mitternacht in der Nationalbibliothek sucht.

Wir gehen durch diverse Gänge, die ich noch nie betreten habe. Wieder einmal stelle ich fest, wie weitläufig die Räumlichkeiten der Wiener Hofburg sind

Dann kommen wir in einen Bereich, der mir bekannt ist, biegen aber in einen Raum ein, den ich noch nie gesehen habe.

In dem Moment, als ich ihn betrete, ist mir klar, dass es ein Fehler war, Sorin zu folgen. Ich hätte auf mein Bauchgefühl hören soll. Die Tür hinter uns schnappt zu und ich ahne, dass sie sich mit meinem Chip nicht öffnen wird.

Der Raum ist karg eingerichtet. Ein Tisch, vier Sessel, eine Lampe, ein Spiegel an der Wand, bei dem ich nicht sicher bin, ob er einer dieser einseitig einsehbaren Fenster ist, die man in Fernsehserien immer in Verhörräumen sieht.

»Welche Gefühle waren die stärksten, als der kleinen Ioana klar geworden ist, dass ihr Papa sie verlassen hat?«, fragt er und ich bin von dieser direkten Frage aus der Bahn geworfen. Es widerstrebt mir, Sorin in irgendeiner Weise Zugang zu meinem Innenleben zu gewähren, aber ich habe das Gefühl, dass ich ihm Futter geben muss, um nachzudenken, wie ich mich aus dieser Situation wieder rausmanövrieren kann. Es muss jetzt kurz vor Mitternacht sein. Der Zeitpunkt, zu dem ich mich bei Evelyn zurückmelden sollte. Ich muss also Zeit schinden, um meinen Kolleginnen die Möglichkeit zu geben, zu mir vorzudringen. »Ich glaube, ich war vor allem wütend.«

Er nickt nachdenklich. »Interessant. Meine erste Reaktion, als ich verstand, dass meine Eltern mich nie wieder aus dem Waisenhaus abholen würden, war Scham. Tiefe Scham darüber, dass ich ein unnützes Kind war, das man einfach wegstellen wollte, das nicht gut genug war, nicht lieb genug, nicht schön genug.« In Sorins Gesicht kann ich jetzt den kleinen Jungen erkennen, der er einmal war. Wider Willen habe ich Mitleid.

»Ich wollte die Chance bekommen, meinen Eltern zu sagen, dass ich alles besser machen, dass ich hart arbeiten und Geld für sie heranschaffen könnte. Dass ich immer aufräumen würde und mir die Nase putzen und meine Hände waschen, ohne dass mir das jemand anschaffen musste.« Sorins Augen sind schmerzerfüllt.

Die Erinnerung kriecht in mir hoch, wie ich nach Papas Verschwinden das Gefühl hatte, dass er uns vielleicht meinetwegen verlassen hätte. Weil ich in der Schule von seinen Büchern erzählt hatte, obwohl ich ihm versprechen musste, dass das ein Geheimnis zwischen ihm und mir bleiben würde. Ich hatte wochenlang Bauchweh und wollte ihm sagen, dass ich nie wieder ein Geheimnis preisgeben würde.

Sorin unterbricht meine düsteren Erinnerungen. »Dann kam die Traurigkeit, als ich begriff, dass ich dazu nie die Gelegenheit bekommen würde, und die Angst, was aus mir werden sollte, wenn ich niemanden haben würde, der für mich Partei ergreift. Und dann erst die Wut. Wäre mein Vater zu dieser Zeit im Waisenhaus zur Tür hereinspaziert, hätte ich ihm vermutlich mit der Gartenharke das Gesicht zertrümmert. Irgendwann begriff ich, dass keines dieser Gefühle mich schützen, wärmen oder weiterbringen würde und dass es niemals darum ging, wirklich gut zu sein, sondern nur, den Schein zu erwecken. Das war viel effizienter und brachte mich schnell in der Hierarchie nach oben.«

Ich glaube ihm jedes Wort. Natürlich könnte es auch wieder eine Finte sein, um eine Verbindung zu mir herzustellen. Aber das denke ich diesmal nicht. Viel mehr wirkt es, als hätte er das Bedürfnis, mit jemandem, der ähnliche Erfahrungen im Leben gemacht hat, seine Geschichte zu teilen. Wenn ich nicht gerade das gruselige Gefühl hätte, dass er das nur tut, weil ich für ihn keine Relevanz mehr habe, würde ich meinem aufsteigenden Mitgefühl mehr Raum geben. So aber frage ich mich, was sein nächster Schritt sein wird.

»Ich verstehe. Ja, so gesehen hab ich sicher auch mehrere Phasen durchlaufen. Aber jetzt, wo ich weiß, dass ich ihn wiedersehen werde und er mich treffen möchte, kann ich mich schon kaum mehr an diese Gefühle erinnern«, antworte ich ausweichend.

Sorin öffnet seine verschränkten Arme und legt seine Hände vor mir auf den Tisch. Es sind wirklich große, kräftige Hände.

Er lehnt sich nach vorne und schaut mir tief in die Augen, dann lächelt er traurig. »Aber, Ioana, leider wissen wir beide, dass er nicht mehr lebt.«

Ich fühle, wie sich ein Schweißfilm auf meinem Rücken bildet und sich zugleich eine tiefe, schwere Trauer in mir breitmacht.

»Die Frage, die ich mir noch stelle, ist, woher *du* es weißt. Ich persönlich fand die Leistung von Elias durchaus beachtlich. Er hätte fast in meine Fußstapfen treten können.«

Oje, denke ich, er spricht von Elias in der Vergangenheitsform.

»Leider ist er, wie alle Künstler, schwer zu kontrollieren. Schade um ihn. Und um dich natürlich. Ich war mir so sicher, dass wir dich auf unsere Seite ziehen können. Es tut mir wirklich leid, weil ich finde, du bist eine klasse Frau mit vielen Einsatzmöglichkeiten. Im Wasser und auch außerhalb«, er zwinkert, als hätten wir einen gemeinsamen Insider-Witz. Aber wenn ich ihn recht verstehe, hat er mir soeben mein Todesurteil verkündet.

»Heißt das, ihr werdet mich e-eliminieren?«, frage ich heiser.

»Wie gesagt, es ist bedauerlich, aber wir können niemanden hier rauslassen, der unsere Zentrale in Wien kennt und nicht mit Leib und Seele an uns gebunden ist. Das verstehst du sicher. Es wäre viel zu aufwendig, ein neues Quartier aufzubauen, und die Nähe zum Bundespräsidenten und den Ministerien ist einfach unschlagbar. Kurze Anfahrtszeiten, gemeinsame Kantine und so weiter.«

»Wann? Wie?« Ich brauche Details, um meinen Fluchtweg planen zu können. Es ist nach Mitternacht und ich habe mich nicht bei Evelyn gemeldet. Ich weiß, dass mich unser Einsatzkommando finden wird. Die Frage ist, ob noch lebendig oder schon tot.

»Vermutlich morgen. Wir werden dich und Elias irgendwo an der Grenze abladen, ungeklärter Fall, eventuell Prostituiertenmord. Du hast uns da in unser Konzept gepfuscht, denn wir sind gerade mitten in einer Kampagne, die auch internationale Auswirkungen hat, und können uns kein Aufsehen erlauben. Der Vorsitzende hat mir deinetwegen eine ordentliche Standpauke gehalten.«

Jetzt möchte ich es aber wissen. »Ist irgendetwas von dieser Umweltschutzsache wahr?«

Sorin lehnt sich wieder zurück und verschränkt die Arme. »Hm, nur insofern, als die TEA der Meinung ist, dass die Weltherrschaft in die Hände einiger weniger elitärer Köpfe gehört. Daran arbeiten sie.« Ich finde es interessant, dass er von »sie« und nicht von »wir« spricht. Er ist also nicht aus tiefer Überzeugung bei der TEA. Ich erinnere mich an Fatushes Große-Nasen-Einzelgänger-Theorie. Leider merke ich auch, wie das Gespräch anfängt, ihn zu langweilen.

»Und inwieweit ist Österreich relevant für die Weltherrschaft?«, frage ich.

Sorin runzelt die Stirn. »Österreich ist ein gutes Land zum Üben, Ioana. Klein, fein. Die Politiker sind gut erreichbar, zumindest ein Teil davon. Man findet relativ leicht Tatbestände, die sie lieber unveröffentlicht gelassen hätten und sie daher lenkbar machen. Und das Land liegt zwischen Ost und West. Es war von jeher ein Zentrum der internationalen Spionage. Auch die Struktur der Daten- und IT-Landschaft ist repräsentativ, aber nicht übermäßig fortgeschritten. Im Grunde genommen ist Österreich der Übungsspielplatz für ›The Executive Alliance‹. Deswegen seid ihr mit eurer PSA-Filiale für uns auch so interessant. Von dir haben wir ja zu meinem Leidwesen nicht so viel Nützliches erfahren. Unsere andere Agentin ist da viel mitteilsamer, wenn auch weniger attraktiv.«

Sorin schnalzt mit der Zunge, erhebt sich und fischt ein paar Handschellen aus seiner Tasche. »So, Ioana, ich muss leider weiter. Wärst du so freundlich, die Arme hinter deinen Rücken zu nehmen?«

Wenn ich jetzt meine Hände auf den Rücken lege, dann

war's das für mich. Und das geht so nicht. Durch meinen Kopf ziehen in rascher Abfolge Bilder, Eindrücke und Fragen. Auch wenn jetzt eigentlich gerade nicht die Zeit dafür ist. Ich möchte wissen, ob Millie ein kleines Baby bekommt und wie sie als Mutter sein wird. Ich möchte herausfinden, wie mein Vater gestorben ist, und endlich eine Beziehung zu meiner Mutter aufbauen. Ich möchte dabei helfen, dass Chica ihre Aufenthaltsgenehmigung wiederbekommt, dass Anastasias und Astrids Anklagen gelöscht werden und Evelyn wieder die Chefin unserer Agentur-Familie ist. Aber allen voran möchte ich wissen, ob Ramesh und ich eine Chance miteinander haben. Etwas sagt mir, dass er der Eine sein könnte. Mit dem ich eine andere Beziehung führen kann als mit Nico oder irgendeinem von den unnützen Typen, mit denen ich in den vergangenen Jahren meine Zeit vergeudet habe.

Ich spüre, wie sich in meinem Inneren jene Umklammerung löst, die sich durch den Unfall im letzten Jahr um mich geschlossen hat, mich eingefroren hat und jeden Schritt zu einer Überwindung werden ließ.

Jetzt ist nicht die Zeit, die Hände auf den Rücken zu legen und aufzugeben, sondern um mein Leben zu kämpfen. Auch wenn ich noch nicht weiß, wie ich durch diese Tür kommen soll, wenn einmal Sorins lebloser Körper vor mir auf dem Boden liegt. Denn mein Chip ist sicherlich nicht für diese Türöffnung berechtigt worden.

Eigenartigerweise fühle ich auch keine Angst, eher die Lust, Sorin die Fresse zu polieren, dafür, dass er mich mit meinem Vater so getäuscht hat.

Ich werfe mit einem Schrei den Tisch zwischen uns um und trete, so fest ich kann, gegen ein Tischbein. Ein scharfer Schmerz fährt durch meinen Fuß und mein Bein hinauf, aber ich beachte ihn nicht. Das Tischbein ist lose, wie ich gehofft hatte, und ich greife es mir, denn jetzt habe ich ein Waffe. Das Training in Besen-Shaolin, dass uns Rudi in der Agentur angedeihen lässt, ist intensiv. Und auch wenn wir regelmäßig jammern, weil er uns so hernimmt, wissen wir, wie nützlich es ist, wenn mal ein Hausherr oder sonst wer handgreiflich werden sollte.

Das Blöde ist, dass Sorin kein durchschnittlicher Wiener Ehemann ist und ich aus unserer ersten Begegnung in Oscars Wohnung weiß, was er kampfsportmäßig so draufhat.

Ich sehe, wie seine Augen aufleuchten, als hätte er Freude daran, dass ich mich wehre.

»Ioana, ich bedaure es immer mehr, dass ich dich aus dem Weg räumen muss. Du erinnerst mich an eins der größeren Mädchen bei uns im Waisenhaus. Ilonca. Leider musste ich ihr den Rücken brechen, weil sie mir beim Essen immer die fauligen Reste zugeteilt hat.«

Mir schaudert ein wenig, aber ich versuche, mich nicht von seiner psychologischen Kriegsführung beeindrucken zu lassen.

»Wahrscheinlich wussten deine Eltern, dass du ein kleiner Soziopath bist, und haben dich deswegen weggegeben. Damit sie mit ihren restlichen süßen Kindern ein angenehmes Leben führen können.« Wusste gar nicht, dass ich so gemein sein kann, und bin mir auch nicht sicher, ob es schlau ist, ihn zu reizen. Aber es tut gut zu sehen, wie er kurz die Fassung verliert.

Eine Sekunde lang. Dann hat er sich wieder im Griff. »Gut, gut, gut, ich mag ebenbürtige Partner«, raunt er.

Wir umkreisen den zwischen uns liegenden Tisch. Das gibt mir Zeit, ein wenig zu überlegen. Aber viele Alternativen fallen mir nicht ein. Wir können stundenlang den Tisch umrunden, bis einer müde wird und einschläft. Oder den Tisch beiseiteschieben und in eine direkte Konfrontation gehen. Sorin scheint ähnlich zu denken, denn mit einem Schrei, der mir durch Mark und Bein fährt, tritt er gegen den Tisch, sodass er in meine Richtung fliegt. Ich katapultiere mich mit meinem »Besen« in einer Kombination aus Stabhochsprung und Radbewegung über den Tisch und strauchle bei der Landung ein wenig. Ich muss mir mein Bein doch stärker verletzt haben als angenommen. Das kurze Balance-Problem gibt Sorin die Möglichkeit, mir einen Schlag zu versetzen, der mir die Beine unter dem Körper wegzieht. Ich liege auf dem Rücken und keuche von dem Aufprall, der kurzfristig meine Atmung lähmt. Als ich Sorin sehe, wie er von oben auf mich zustürmt, schaffe ich es dennoch, mich blitzschnell auf die Seite zu rollen. Ich rapple mich auf und stoße, so fest ich kann, mit meinem Tischbein in Sorins Weichteile, während ich über seinen Körper drüberspringe, um maximalen Druck aufzubauen. Ich höre ihn vor Schmerzen stöhnen. Leider stöhne auch ich bei der Landung, denn das Stechen in meinem Bein wird immer schlimmer und es knickt weg. Ich stolpere und möchte mich umdrehen, da spüre ich einen Schlag auf den Hinterkopf und dann wird es schwarz vor meinen Augen.

42. KAMPFEINSATZ

»Ioana«, flüstert Ramesh, während er mich liebevoll am Bein streichelt. Warum tut es so weh, wenn er mich da berührt? Das Bild von Ramesh verschwimmt und verwandelt sich in ein mondförmiges Gesicht mit großen Augen. Ich liege mit meinem Kopf seitlich auf einem Marmorboden, meine Hände sind am Rücken gefesselt. Der Mensch, zu dem das Gesicht gehört, stupst mit seinem Fuß meinen grotesk angeschwollenen, dunkelbauen Knöchel, der höllisch wehtut.

»Hör sofort auf, mein Bein zu treten, verflucht«, schnauze ich Elias an.

»Gott sei Dank, du bist wach«, ächzt Elias.

Elias ist also nicht Vergangenheit. Noch nicht. Ich rapple mich, so gut ich kann, auf, was fürchterlich schmerzt, und lehne mich neben ihm an die Wand.

Wir sitzen beide in einem Raum, der aussieht wie einer der zahlreichen oberirdischen Nebenzimmer in der Hofburg. Ich war hier noch nie. Gegenüber von uns sind große Flügelfenster, die Sonne ist bereits aufgegangen. Ich habe also einige Stunden geschlafen oder war betäubt, keine Ahnung. Und Evelyns Stoßtrupp ist aus irgendeinem Grund noch nicht zu mir vorgedrungen. Die gute Nachricht ist, ich lebe noch.

Ich sehe Elias neben mir an, auf den ich wirklich nicht

gut zu sprechen bin. Er hat ein ramponiertes, ange-
schwollenes Gesicht, das noch runder wirkt als zuvor,
und sieht extrem verängstigt aus. Das lindert ein wenig
meinen Hass, den ich empfinde, weil er mir vorgegau-
kelt hat, mein Vater zu sein.

»Hallo, Papa«, begrüße ich ihn und sehe, wie er zusam-
menzuckt.

»Oh Gott, oh Gott, ich wollte das nicht. Sie haben
mich dazu gezwungen«, jammert er.

»Ach, was wolltest du dann?«, schnauze ich, denn
auch diesen Satz kenne ich zur Genüge.

»Du weißt nicht, wie die sind. Zuerst hat noch alles
ganz harmlos geklungen …«

»Doch, ich kann dich beruhigen, ich weiß ganz genau,
wie die sind«, antworte ich. Zumindest weiß ich es jetzt
wieder. Vorübergehend war ja auch mein Verstand ver-
nebelt. Der Gedanke daran, wie leicht ich mich von
der TEA durch meinen Vaterverlust habe manipulieren lassen, stimmt mich wieder milder. Auch Zladko
ist schon auf die Angebote der TEA hereingefallen. Sie
sind wirklich gut darin herauszufinden, wie ihre Zielpersonen ticken. Ich frage mich, ob sie das auch mit
ihren elektronischen Abhörmethoden erkunden. Ich
erinnere mich an Diskussionen mit Kolleginnen über
die Möglichkeiten, abgehört oder ausspioniert zu werden. Manche meinten, sie hätten nichts zu verbergen.
Vielleicht geht es nicht immer nur darum, was man zu
verbergen hat. Vielleicht geht es auch darum, mani-
pulierbar zu werden, weil jeder Mensch Sehnsüchte
hat, mit denen man ihn locken, verführen und verdre-
hen kann. Und die meisten haben auch das eine oder

andere Geheimnis, das sie nicht der Öffentlichkeit präsentieren wollen.

»Hast du Oscar umgebracht?«

Elias schaut mich mit großen, ängstlichen Augen an und sein Ringen um Worte ist Antwort genug. »Es war ein Unfall«, flüstert er.

Das muss wohl der meistzitierte Satz in der Geschichte des Mordes sein.

Ich seufze. Es nützt Oscar nichts, wenn ich aus Empörung über seine Ermordung selber das Zeitliche segne. Also schiebe ich den Gedanken beiseite, Elias zu verprügeln und somit meinen vor Ort einzigen Verbündeten zu verlieren.

»Ich verstehe. Dann lass uns probieren, hier lebend aus der Sache rauszukommen.«

Ich beginne damit, meine Arme mühsam an meinen Beinen vorbeizuwursteln, was mir das ein oder andere Fluchen entlockt. Dann suche ich nach einem Stück Draht oder etwas Spitzem, mit dem ich die Handschellen öffnen könnte. Mein Blick fällt auf den Kronleuchter, der ähnlich opulent ausgefallen ist wie die im Burgtheaterfoyer. Deutlich zu hoch. Während ich den Raum scanne, frage ich Elias, wie Oscar herausgefunden hat, dass er die Drehbücher gefälscht hat.

»Hat er nicht wirklich«, antwortet Elias. »Es war in der Probenpause. Ich glaube, du warst gerade Kaffee holen und ich war der Einzige, der nicht vor Oscar dem Schrecklichen geflohen ist, weil ich sehen wollte, was er mit den zusammengeknüllten Textseiten macht. Er hat die Papierbälle, mit denen er die Darsteller beworfen hatte, versucht zu glätten und hat immer wieder über das

Papier gestrichen und da muss sich einer der Mikrochips gelöst haben. Er war zunächst völlig verblüfft. Und hat das Papier immer wieder im Kreis gedreht. Dann nahm er die Lupe, mit der er Georg Binder gequält hatte, und hat tatsächlich den Chip damit entdeckt. Er hat immer wieder gefaselt: ›Das gibt's doch nicht. Das ist doch nicht möglich. Wahnsinn.‹

Er hat versucht zu telefonieren, aber der Empfang in der Probenbühne ist furchtbar schlecht. Da hat er sich an mich gewandt mit den Worten: ›Hey, Mondgesicht, sag den anderen, dass ich mich kurz um etwas kümmern muss.‹ Das hat mich echt wütend gemacht.«

»Er hat dich Mondgesicht genannt und deswegen hast du ihn die Treppe runtergestoßen?«, frage ich fassungslos.

Elias zieht die Schultern hoch. »Meine Mutter hat das immer zu mir gesagt, bevor sie mich in meinem Zimmer eingesperrt hat.«

»Warum hat dich deine Mutter in deinem Zimmer eingesperrt?«, frage ich. Es ist zwar absolut keine Zeit für Psychotherapie, aber Elias sieht so verstört aus, dass ich nicht anders kann, als zu fragen.

»Mami will schlafen, Mondgesicht«, hat sie gesagt und mich von 18 Uhr abends bis um 6 Uhr in der Früh eingesperrt. Seitdem trinke ich ab mittags nichts mehr, damit ich nachts nicht aufs Klo muss.« Seine Erzählung klingt, als wäre das ein völlig normales Prozedere bei Kleinkindern. Mir läuft es kalt den Rücken herunter. Als Putzfrau bekommt man viele intime Details der Menschen mit, von denen keiner etwas ahnt. Und doch erschrecke ich immer wieder über den alltäglichen Horror, der sich hinter verschlossenen Türen abspielt.

»Ich bin ihm hinterhergeschlichen und habe gehört, wie er auf der Treppe mit der Polizei spricht. Da hab ich ihn geschubst. Hätte ich ihn nicht geschubst, hätte Sorin uns beide aus dem Weg geräumt. Oscar, damit er nichts weitererzählt, und mich, weil ich das Projekt ›Hybridpapier‹ vergeigt habe«, erklärt Elias.

»Was sollte das überhaupt mit dem Theater-Textbuch? Warum war es der TEA so wichtig, den Text zu verändern?«

»War es ihnen ja nicht. Meistens habe ich für die Videoabteilung gearbeitet, wegen meiner speziellen Fähigkeiten.« Elias klingt stolz, als er das sagt. Offensichtlich war es eines der wenigen Male, dass seine Schauspielkünste bisher gewürdigt wurden. »Wenn du wüsstest, wen ich alles synchronisiert habe und was die demnächst im Fernsehen sagen werden, fändest du das mit deinem Vater übrigens halb so schlimm.«

Eins nach dem anderen, denke ich. Vielleicht schaffen wir es, rechtzeitig die Dateien zu löschen, wie geplant. »Und weiter?«, frage ich ungeduldig. Uns rennt die Zeit davon.

»Wir hatten eine Pause, weil wir erst Stimmmaterial sammeln mussten«, erzählt er.

Ich erinnere mich daran, wie das funktioniert, und denke an meine Verwunderung, als Sorin tatsächlich bei meiner Familienfeier auftauchte.

»Herr Kasa hat uns gefragt, ob wir Lust hätten, den neuen Hologrammchip zu testen, und ich hatte Lust, dem schrecklichen Oscar eins auszuwischen. Also hab ich begonnen, alle Ausgaben des Stückes zusammenzusuchen, und diese eine Seite mit dem Chip beklebt. Den

Satz über die Erde hab ich mal vor einiger Zeit in einem Interview von ihm gelesen. Ich hätte nicht im Traum gedacht, dass er so ausflippt.« Elias grübelt vor sich hin. »Tja, läuft wohl nicht für mich. Wie immer. Jetzt wird die einzige Schlagzeile in meinem Leben sein, dass man meine Leiche neben einer Prostituierten an der tschechischen Grenze gefunden hat.«

Dass Schauspieler immer um ihre PR besorgt sind. Der Gedanke an unsere geplante Beerdigung erinnert mich daran, dass wir hier schleunigst rausmüssen.

Ich mache mich wieder daran, den Raum nach einem Werkzeug abzusuchen, da sehe ich einen Schatten vor dem Fenster vorbeiflitzen. Dann ist er wieder weg und ich sehe nur Himmel. Doch im nächsten Augenblick pendelt der Schatten wieder vor das Fenster und bleibt dort hängen. Ich sehe Anastasia in ihrem sexy Putzoverall, die mir den erhobenen Daumen zeigt. Kurz danach baumelt die kleine Chica in ihrem Riesenoverall neben ihr. Sie winkt frenetisch und macht eine Shake-your-booty-Bewegung. Sie schabt mit der Fensterputzstange übers Fenster, während Anastasia ein rundes Loch in die Fensterscheibe schneidet.

Eine Minute später sind sie bei mir und öffnen meine Handschellen.

»Biste du die Scheißetyp, die meine Freundin verarschte hat?«, zischt Chica, während sie auf Elias draufsitzt und ihn würgt, dass ihm die Augen herausquellen.

Ich flüstere: »Lass, Chica, wir brauchen ihn wahrscheinlich noch.«

Es benötigt noch einige Überzeugungskraft, bis wir Elias über das Fensterbrett geschubst haben. Dann surren wir zu viert mit der Haltevorrichtung in die Tiefe. Einige Touristen fotografieren unser Abseilmanöver. Hier heraußen wimmelt es von Japanern, Italienern und anderen Weltenbummlern. Wir sind mitten in der Wiener Innenstadt.

Als ich den Boden berühre, steht Ramesh vor mir und schaut mich mit dunklen, turbulenten Augen an. Er scannt meinen ganzen Körper mit seinen Blicken, was mir einen Hitzeschauer durch meine Eingeweide jagt. Kurze Zeit stehen wir so nah beieinander, dass ich die Wärme seines Körpers spüren kann, und alles in mir sehnt sich danach, in seine Arme zu sinken. Dann dreht er sich zu einem jungen Mann neben ihm, der aussieht wie ein Sanitäter, und weist ihn an, sich um mein Bein zu kümmern.

Es stellt sich heraus, dass es sich bei meiner Verletzung um einen Bändereinriss handelt, der aber mit der richtigen Schiene und ein paar Schmerzmitteln relativ rasch unter Kontrolle gebracht ist. Ganz anders sieht es mit meinem Herzen aus. Das will sich einfach nicht beruhigen.

43. LAND UNTER

Vier blau gekleidete Reinigungskräfte schleichen durch die unterirdischen Gänge des Hofburgtraktes. Evelyn hat, so schnell es ging, Uniformen nach meiner Beschreibung organisiert. Wir sind durch den gleichen Gang eingetreten, durch den mich Sorin gestern Abend nach dem Grundbucheinsatz geführt hat. Ich bin mit Schmerzmitteln gedopt und wundere mich, dass dieses dicke unbewegliche Bein zu mir gehört. Ich kann auftreten, ohne dass ich viel davon spüre, vermutliche würde ich nicht einmal bemerken, wenn sich ein kleiner Hund darin verbeißt. Ich kann nicht glauben, dass ich freiwillig wieder in den Fuchsbau gehe. Aber wir haben weder Zeit für Erholung noch für längere Pläne, denn wenn Sorin draufkommt, dass Elias und ich entkommen sind, werden garantiert die Sicherheitsmaßnahmen verstärkt. Wir hoffen, dass – auch wenn die TEA-BAGs darauf trainiert sind, Unregelmäßigkeiten zu erkennen – der übliche Putzfrauenzauber wirkt und wir unsichtbar sind. Ich habe mich für diesen Einsatz von Evelyns Outfit inspirieren lassen und mich als Mann verkleidet. Ein smarter dunkler Vollbart mit Moustache ziert mein Gesicht. Die dazu passende dunkle Kurzhaarperücke war gar nicht so leicht über meinen Haarberg zu ziehen. Dunkle Kontaktlinsen und ein wenig dunkles Make-up vervollkommnen meinen Look. Ich finde, ich sehe aus wie ein attraktiver, junger Marokkaner.

Millie hat sich mit Ramesh und Astrid in einen anderen Gang begeben, um die Abflussrohre zu sabotieren, sobald wir ihnen Bescheid geben.

Anastasia, Chica, Elias und ich finden den Facility-Raum, schnappen uns die Scheuer-Saugmaschine und bohnern uns durch die Gänge auf den Video-Server-raum zu. Bisher hat alles gut geklappt und wir werden wie geplant ignoriert.

Elias zuckt jedes Mal, wenn Chica ihm zu nahe kommt, sie hat ihm irgendetwas über ein Kastrationsritual bei den brasilianischen Ureinwohnern erzählt, seitdem folgt er brav unseren Anweisungen. Wir brauchen ihn, denn wir hoffen, mit seinem Chip in den gesicherten Raum zu kommen.

Auch das klappt. Anastasia schleicht sich mit Elias in das Zimmer hinein, um die Daten zuerst abzusaugen und das Virus dann einzuschleusen. Wir hoffen, dass sie es schafft, die Firewalls zu durchbrechen und mit dem Virus auch andere Standorte diverser Sicherungsserver zu infizieren.

Chica und ich putzen hingebungsvoll die Fensterrattrappen auf der gegenüberliegenden Seite des Ganges. Jedes Mal, wenn ein TEA-Mitarbeiter vorbeigeht, spüre ich einen Adrenalinstoß und die Zeit, die wir nichts von Anastasia und Elias sehen und hören, fühlt sich ewig an. Nach circa 15 Minuten kommt eine TEA-Mitarbeiterin auf uns zu und spricht Chica an. Ich bemerke, wie Chicas Hand instinktiv zu ihrem Putz-Taser-Schwamm greift. »Könnten Sie mir bitte in die Kantine folgen? Dort hat es einen kleinen Unfall gegeben«, fragt die kurzhaarige Frau in grauem Kostüm höflich in dem professionellen Tonfall, den ich in der letzten Woche so gut kennengelernt habe. Chica stockt kurz, nickt und sagt: »Ich komme.« Sie macht hinter ihrem Rücken ein Okay-Zeichen in meine Richtung, dann sehe ich sie mit der TEA-Agentin um die Ecke entschwinden. Ich spüre, wie meine Hände zu schwitzen beginnen. Es ist zwar keine Enttarnung, aber dennoch eine Komplikation. Ich gebe eine kurze Information an die anderen weiter, indem ich in den Flaschenstöpsel des WC-Reinigungsmittels hineinmurmle, und frage Anastasia, wie lange sie noch braucht. Ein anderer TEA-BAG biegt gerade in den Gang ein und schaut mit befremdlichem Blick auf den putzenden Marokkaner, der mit seiner Plastikflasche spricht. Ich improvisiere. »Blödes Stopsel, gehen endlich auf. Na siehst. Geht ja.« Ich leere eine große Portion WC-Reinigungsmittel in den Putzkübel und rühre darin um, was bewirkt, dass sich eine dicke Schaumhaube bildet. Der TEA-Mitarbeiter verschwindet wieder, der verrückte Marokkaner scheint ihn nicht beunruhigt zu haben.

Ich höre Rameshs beruhigende Stimme. »Alles gut bei dir, Ioana?«

»Geht so«, antworte ich knapp, um nicht weitere Aufmerksamkeit auf mich zu ziehen. Nach einer gefühlten Ewigkeit kommt Anastasia mit Elias im Schlepptau heraus und zeigt Daumen hoch. Die Operation »Land unter« kann beginnen. Ich flüstere das Startkommando in die Putzflasche und frage Chica, wie lange sie braucht, um zu uns zu stoßen, und ob sie Hilfe benötigt, denn ab jetzt haben wir ungefähr eine Viertelstunde, bis das

Wasser beginnt, die Räumlichkeiten zu fluten. Ich höre ihre Stimme: »Großes Sauerei … musst du hole große Mopp.« Als ich mich zu Anastasia umdrehe, sehe ich Sorin mit dem TEA-BAG auf uns zusteuern, der wohl doch durch den flaschenflüsternden Marokkaner alarmiert war.

Sorin zieht, während er auf uns zukommt, eine Waffe und zielt auf uns.

»Eine Bewegung und deine Kollegen müssen dein Gehirn aufwischen.«

Anastasia, Elias und ich stehen schockiert im Halbkreis und heben unsere Arme in die Höhe.

Sorin weist den Mitarbeiter, der ihn hergeführt hat, an, die Sicherheitstruppe zu holen, und dirigiert uns in Richtung Verhörraum. Parallel dazu wählt er eine Nummer in seinem Handy. »Ja, Kasa, hier Rosa, wir brauchen einen Spezialisten im Serverraum, ich vermute, dass wir gehackt worden sind. Ja, seien Sie versichert, das *ist* möglich. Sofort!«

Sorin mustert mich von oben bis unten. »Du hast dich also entschieden, als Leiche eines marokkanischen Drogenhändlers in die Schlagzeilen zu kommen. Ist mir auch recht. Schade nur, dass wir dir jetzt die hübsche russische Nutte mit ins Grab legen müssen. Die hätten wir auch anderweitig gut einsetzen können.«

»Sagst du mjir Preis und ijch bin auf Eurrer Seite«, gurrt Anastasia mit ihrem Ruski-Akzent. »Ijst mjir egall, wer bezahllt, Hauptsach gut.«

Sorin schaut sie ernst an. »Verstehe«, dann bricht er in heiteres Gelächter aus. »Ich mag euch wirklich … Ihr seid wesentlich unterhaltsamer als der Haufen hier. So schade, dass *ihr* so schlecht bezahlt. Sonst würde ich mir glatt überlegen, zu euch zu überzulaufen. Tut mir leid, Süße, aber ich bin über euren inneren Zirkel gut informiert. Zu loyal. Der Versuch ist schon mit deiner Freundin hier schiefgelaufen.«

Er beginnt, seine Waffe zu entsichern, und ich bereite mich auf den ersten Schuss vor. Ich nehme an, er wird auf mich zielen. Rein aus persönlichen Gründen. Ich überlege, mich zur Seite fallen zu lassen, aber die Chancen stehen schlecht. Sorin ist sicher ein exzellenter Schütze.

Sein Arm dreht sich in meine Richtung und ich spanne meine Muskeln an, da beginnt Sorins ganzer Körper zu zucken und das Gesicht verzieht sich auf schmerzhafte Weise. Ein Schuss knallt neben mir in die Wand, ein weiterer scheint Elias zu treffen, denn er schreit und sinkt zu Boden.

Sorin fällt um wie ein gefällter Baum und zuckt weiter unter der 50.000-Volt-Ladung, die ihm Chicas Putz-Taser-Schwamm durch den Körper jagt.

»Dann weißt du ja auch, dass wir zu fünft sind«, sagt Chica in John-Wayne-Manier und kappt die Verbindung zum Taser, um dem gelähmten Sorin Handschellen anzulegen. Die Waffe kickt sie mit dem Fuß in meine Richtung und ich gebe sie an Anastasia weiter, weil die mit Waffen mehr Erfahrung hat. Anastasia hält sie sicherheitshalber trotz Handschellen und Lähmung auf Sorin gerichtet.

Ich bemerke, wie sich der Korridor mit Wasser zu füllen beginnt.

»Los, Mädels, wir haben nicht viel Zeit. Hier steht bald alles unter Wasser und außerdem sind die Sicherheitstruppen im Anmarsch«, kommandiere ich.

Wir untersuchen Elias, der zum Glück nur in die Schulter getroffen wurde, aber kreidebleich an der Wand lehnt und wimmert, dass er bald sterben wird. Die kleine Chica und die große Anastasia nehmen ihn zwischen sich, und nachdem Chica ihm etwas ins Ohr geflüstert hat, hört er schlagartig mit dem Gewimmer auf.

Wir beraten, was wir mit Sorin machen sollen. Er ist zu schwer, um ihn mitzuschleppen.

»Wenn er Glück hat, findet ihn die TEA-Sicherheitstruppe, ansonsten die Feuerwehr, die sicher schon auf dem Weg ist. Er wird schon nicht ertrinken«, sagt Anastasia. Der Plan war, zehn Minuten nach der Einleitung des Rohrbruchs die Einsatzkräfte zu informieren, um uns Zeit zu geben, vom Ort des Geschehens zu verschwinden. Wir haben also keine Minute zu verlieren. Unwillig sehe ich zu Sorin hinunter und knie mich neben ihn, um seinen Puls zu fühlen. Er ist ruhig und regelmäßig. Deswegen vermute ich, dass er schon wieder bei Bewusstsein ist und wartet, dass wir verschwinden. »Sag mir nur eines, Sorin«, flüstere ich ihm ins Ohr. »Wie ist mein Vater gestorben?«

Zuerst sehe ich keine Reaktion. Chica ruft mir zu, dass wir uns beeilen müssen. Dann verzieht er die Lippen und flüstert zurück: »Das musst du deinen Onkel fragen.«

Mein Onkel? Ich fühle mich, als wäre ich gegen eine Wand gelaufen. Chica kommt zu mir und zieht mich mit sich mit.

Wir waten knietief durch das strömende Wasser im Tunnel, durch den wir hereingekommen, sind auf den Seitenausgang zu. Es ist gar nicht so einfach voranzukommen, weil das Wasser uns am Anfang entgegenkommt.

Mittlerweile haben die Schmerzmittel nachgelassen und jeder meiner Schritte tut höllisch weh. Irgendwann dreht der Wasserstrom und schwappt uns schließlich von hinten zum Ausgang hinaus.

Als wir völlig durchtränkt aus dem Seitentrakt der Hofburg wanken, bietet sich uns eine bemerkenswerte Szenerie. Mindestens 20 Feuerwehrwägen, Polizeiautos und Fernsehübertragungswägen verteilen sich kreuz und quer über den Heldenplatz. Alle namhaften Nachrichtenagenturen haben sich vor dem Gebäude aufgebaut, um über die Jahrhundertkatastrophe zu berichten. Die Überflutung der Hofburg.

Bei meinem nächsten Schritt strauchle ich und stürze zu Boden. Ich bin todmüde, nass, habe Schmerzen und in meinem Kopf pocht der letzte Satz von Sorin. Mein Onkel?

Da spüre ich, wie ich von zwei Armen hochgehoben und zu einem nahe gelegenen Facility-Wagen getragen werde. Ich brauche nicht zu sehen, wer mich da trägt. Ich rieche seinen Duft und spüre seine Wärme und außerdem beginnt trotz all der Dramatik rund um mich die Schmetterlingshorde in meinem Bauch mit einem Freudentanz.

44. BONUS-PARTY

Die ehemalige Anwesenheit eines Guglhupfs in der Mitte unseres Konferenztisches ist nur noch durch das Anstandsstück und ein paar Brösel zu erkennen. Der Appetit unserer Kolleginnen, der in den vergangenen Wochen durch die Verhöre der Minisumoringerin und ihrer Truppe sowie die hinterhältigen Manipulationen der TEA verloren schien, ist in vollem Ausmaß zurückgekehrt. Auch der Kaffee tröpfelt nur mehr in meine Tasse, als ich mir nachschenken will. Millie lehnt zufrieden in ihrem Sessel und hält ihr Bäuchlein, dessen Schwellung eher auf die drei Stücke Guglhupf als auf die ersten Anzeichen ihrer Schwangerschaft zurückzuführen ist.

Zu unser aller Zufriedenheit hat Evelyn wieder an der Vorderseite des Konferenzraums Platz genommen. Sie zupft gerade an ihrem nicht mehr vorhandenen Bärtchen, ertappt sich dabei und streicht sich verlegen eine ihrer silbernen Haarsträhnen hinter ihre Elfenohren. Ramesh sitzt an ihrer Seite und ich habe das Gefühl, dass er schon die ganze Zeit meinem Blick ausweicht.

Das ist auch der Grund dafür, dass ich als Einzige den Gugelhupf verschmäht habe. Mein Magen ist nervös und flattert. Eigentlich flattert mein ganzer Bauch. Und mein Herz. Und eines meiner Augenlider. Ich weiß, dass uns noch eine Aussprache bevorsteht, und befürchte, dass ich bei der Erinnerung an meine Szene auf dem Boot kein Wort herausbringen werde.

Chica neben mir hat ihre in dicke Folie eingeschweißte Einbürgerungsurkunde am Tisch vor sich liegen. Sie hat mir erklärt, dass man so jeden Hologrammchip mit einem Wettex einfach runterwischen könne und dass sie wünschte, dass das mit den Erinnerungen an ihren Ex genauso einfach wäre.

Auch Anastasia und Astrid haben entspannte, freudige Gesichter. Eigentlich alle hier im Raum, bis auf Susi. Ihr Gesicht sieht aus, als hätte sie Zahnschmerzen. Ich glaube, sie ist die Einzige, die die Minisumoringerin ehrlich vermisst. Es hat sich zwar wider Erwarten herausgestellt, dass sie *nicht* der Maulwurf war, aber dank ihrer tragenden Rolle bei den Verhören der Agentinnen wird sie es in der nächsten Zeit hier schwer haben und ein Blick auf ihre Miene sagt mir, dass sie sich dessen bewusst ist.

Der Maulwurf war eine der neuen Kolleginnen, die ich noch kaum kennengelernt habe. Wie sie es geschafft hat, sich durch unsere schwierigen Aufnahmeprozeduren durchzuschwindeln, ist noch nicht bekannt, aber die Wege der TEA sind lang und verschlungen. Und nicht nur Verbrecher erliegen ihren Versprechungen, wie wir gelernt haben. Auch hier müssen wir Abbitte leisten, denn immerhin hat die Sumoringerin aus der internen Revision diesen Maulwurf entlarvt.

Ein Teil der erfreuten Gesichter hat sicher auch mit dem Bonus zu tun, der uns nach diesem letzten Fall versprochen wurde. Eine ungewöhnlich saftige Summe, die sich aus der großzügigen Spende einiger dankbarer Bürger ergeben hat, die von Videofälschungen betroffen gewesen wären.

Ramesh hat seine zusammenfassende Präsentation der Fallanalyse beendet und ich hasse gerade inbrünstig jede meiner Kolleginnen, die ihm bei der Verteilung der Bonusschecks und Special Goodies die Hand schüttelt und ihn dabei anschmachtet.

Warum muss er sich auch immer so herausputzen?

Als ich an der Reihe bin, hoffe ich auf ein Zeichen oder ein persönliches Wort. Vergebens. Er schüttelt mir genauso freundlich wie allen anderen die Hand und gratuliert mir zu meinen besonderen Verdiensten. Dann drückt er mir den Scheck in die Hand, ein Spezial-Ausrüstungs-Set inklusive Laser-Taser, elektronischer Lupe und Mikrochip-Putzmittel, und wendet sich der nächsten Kollegin zu. Mutlos schleppe ich mich zu meinem Sessel.

Millie grinst übers ganze Gesicht. »Dich hat es ordentlich erwischt, gelt?« Sie rempelt mir ihren Ellenbogen in die Seite, weil sie genau weiß, dass ich aufgrund ihrer Schwangerschaft nicht zurückremple. »Warum soll es dir auch anders ergehen als mir? Die Liebe ist eine schmerzhafte Angelegenheit. Du hast mir immer gesagt, man muss sich darauf einlassen.«

Ich zucke mit den Schultern. »Kannst mir nächstes Mal eine runterhauen, wenn ich wieder so einen Quatsch rede.«

Meine Kolleginnen beginnen, die Tische zur Seite zu rücken und die Speisen hereinzubringen, die sich vor dem Konferenzzimmer gestapelt haben, Spezialitäten aus Europa, Asien, Afrika und Südamerika. Heute wird es noch ein rauschendes Fest geben. Ich habe keinen Appetit und überlege, die Feier heute auszulassen. Da spricht mich Ramesh von hinten an.

Mit Herzklopfen drehe ich mich zu ihm um. Er lächelt, aber sein Gesicht sieht nach wie vor sehr professionell aus. »Ioana, ich wollte noch fragen, ob du mir sagen kannst, wie es mit deiner Cousine Mirela aussieht. Die Personalabteilung hatte leider den Eindruck, dass sie zwar hochmotiviert, aber nicht besonders diskret ist. Kannst du das bestätigen?

Ich kämpfe mit mir, aber der vergangene Fall hat uns wieder gelehrt, wie essenziell es ist, schweigen zu können. Daher nicke ich schweren Herzens. »Ja, das kann ich leider bestätigen.«

»Ich verstehe. Danke für deine Ehrlichkeit«, nickt Ramesh und macht sich Notizen.

Ich nicke zurück und schleiche so unauffällig wie möglich zur Tür hinaus.

45. HERZSCHMELZE

Captain Kirk erklärt gerade Spok, wie schön es ist, ein Mensch zu sein und Emotionen zu haben. Ich schnaube: »Glaub ihm nicht! Das ist eine glatte Lüge.« Ich wäre glücklich, Vulkanierin zu sein und keine Gefühle zu haben. Auch wenn das ein Widerspruch in sich ist. Dann hätte ich jetzt nicht dieses Loch in meinem Bauch, eine Mischung aus Sehnsucht, Enttäuschung und Scham darüber, mich Ramesh an den Hals geworfen zu haben. So richtig klappt das heute nicht mit der Ablenkung durch meine Lieblingsserie. Mamas Couch ist ein Schlachtfeld meines Liebeskummers. Leere Kaffeehäferl türmen sich neben zerknüllten Taschentüchern und leeren Kekspackungen.

Es läutet an der Tür und ich überlege, wer das sein könnte. Mama ist wieder einmal in der Kirche. Im Übrigen hat sie mir heute früh gestanden, dass ihre häufige Anwesenheit dort nicht allein mit ihrem Hang zur Frömmigkeit zu tun hat, sondern damit, dass der neue Chorleiter ein attraktiver Witwer sei, um den sich gerade mehrere Sängerinnen bemühen. Unter anderem offensichtlich meine Mutter.

Für den Postboten ist es etwas spät. Vielleicht sollte ich mich einfach nicht rühren und warten, bis der ungebetene Gast wieder verschwindet.

Meine angeborene Neugier überwiegt. Also ziehe ich mein langes T-Shirt noch ein wenig nach unten, wische ein paarmal über mein Gesicht, um die Spuren meiner Selbstmitleidsorgie zu beseitigen, und öffne die Wohnungstür.

»Hallo, Ioana.«

»Oh – warte kurz«, ich schlage die Tür wieder zu, denn ich kann unmöglich in der Unterhose und meinem ältesten T-Shirt ein Gespräch mit Ramesh führen. Schon gar nicht *dieses* Gespräch.

Ich rotiere dreimal durch das Vorzimmer auf der Suche nach einem geeigneten Kleidungsstück und greife mir Mamas Morgenmantel, in dem sie immer aussieht wie eine hübsche rumänische Puffmutter.

Dann öffne ich die Tür wieder und versuche nicht ganz so atemlos auszusehen, wie ich mich fühle. »Entschuldige.«

Rameshs dunkle Augen lachen vergnügt. Er ist definitiv kein Vulkanier. »Darf ich kurz reinkommen?«, fragt er, nachdem ich keine Anstalten mache, zur Seite zu gehen.

»Ja klar, komm doch kurz rein«, sage ich superalbern.

Ich führe ihn in die Küche, die mir noch nie so klein vorgekommen ist, und frage ihn, ob er einen Kaffee haben möchte.

»Nein, eigentlich nicht ... es ist ja schon spät«, schüttelt er den Kopf.

Er will also nicht besonders lange bleiben, denke ich mutlos.

»Einen Mojito vielleicht?«, schlägt er vor.

Einen Mojito? Ich starre ihn verwirrt an und versuche, aufkeimende Hoffnungen zu unterdrücken.

»Ja, sicher.« Ich klettere umständlich auf den Küchenkasten, hole die Rumflasche und den Lime Juice herunter und beginne zerstreut, den Drink zuzubereiten.

»Ich hab uns ein paar Happen vom Buffet mitgehen lassen«, erklärt er und packt eine Ansammlung von Samosas, Falafeln, türkischem Honig und anderen Leckereien auf dem Küchentisch aus. Ich strahle. Vielleicht hab ich ja doch Appetit.

»Ich wollte gerne in Ruhe mit dir reden, in der Agentur gibt es zu viele interessierte Ohren«, beginnt Ramesh zu erklären.

»Ja, stimmt, in Ruhe reden ist wichtig«, nicke ich und rassle mit dem Cocktailshaker nervös in alle Richtungen.

Seine dunklen Haare sehen echt süß aus, so als hätte er die letzten Stunden damit verbracht, sie zu zerraufen.

»Wo wir miteinander stehen und so …« Ramesh sieht mich dabei fragend an. Ich drücke ihm mit zu viel Schwung das Glas Mojito in die Hand, das überschwappt und eine kleine Lacke am Küchenboden bildet.

»Oje«, murmelt er und blickt sich nach einem Lappen um.

Mein Herz wird weich. Ein Mann, der sich nach einem Wischlappen umschaut, um eine Sauerei zu beheben. Ich nehme wie in Trance die Küchenrolle und beginne zu wischen. Er kniet sich zu mir und wir wischen gemeinsam. Rameshs Duft vermischt sich in meiner Nase mit dem Geruch des verschütteten Limettensafts. Eine unwiderstehliche Kombination.

»Da wäre einerseits das Beziehungsverbot zwischen Agenten«, versucht er, das Thema voranzutreiben.

»Ja, das ist problematisch«, nicke ich und mein Herz beginnt Samba zu tanzen. Er hat ›Beziehung‹ gesagt!

»Und anderseits, nach Yasemine … Ich habe einfach Angst, dass …«, er bricht ab und schaut mich mit großen Augen an.

Ich liebe seine großen dunklen Augen, auch wenn gerade Schmerz darin zu lesen ist.

Weil ich das Gefühl habe, dass er eine Reaktion von mir erwartet, nicke ich und bleibe mit meinem Blick an seinen Hemdknöpfen hängen. »Ich weiß.«

»Du hast ja auch schlimme Erfahrungen gemacht, mit Nico«, nickt er.

Seine Lippen sehen so samtig aus und weich, wenn sie sprechen. »Mhm.«

»Anderseits hatte ich das Gefühl, dass da doch etwas wäre zwischen uns, als wir uns auf dem Boot vor der Drohne verstecken mussten.«

Ich schlucke.

Wir sind beide still.

Die Küchenuhr tickt.

Dann fallen wir übereinander her wie zwei verhungerte Raubkatzen, verteilen Mamas Puffmuttermorgenmantel auf dem Herd, mein ältestes T-Shirt auf der Anrichte, Rameshs Anzugteile landen in allen Himmelsrichtungen, bis wir uns nackt auf dem Küchenboden finden, um endlich dort weiterzumachen, wo wir auf der Alten Donau aufgehört hatten. Irgendwo dazwischen keimt kurz der Gedanke auf, ob wohl meine Mutter bald nach Hause kommt. Dann vertiefe ich mich wieder darin, Ramesh mit all meinen Sinnen zu erforschen. Mein Körper brodelt.

Mein Herz schmilzt.

46. DAS GESTÄNDNIS

Mama sitzt mit meinen Tanten um Ramesh herum und strahlt. Ramesh ist unheimlich tapfer, er lächelt und lässt sich immer wieder umarmen und betatschen und beantwortet eine Frage nach der anderen geduldig. Er hat mir versichert, dass es mir in seiner Familie nicht viel anders ergehen wird, wenn wir einmal gemeinsam nach London fahren.

Mirela sitzt mit Anda in der Ecke und sieht müde aus. Ich weiß, dass sie heute die Absage der Agentur erhalten hat, und traue mich nicht, sie anzusprechen. Außerdem habe ich noch eine andere schwierige Aufgabe vor mir.

Ich begebe mich auf die Suche nach Onkel Petru, den ich vorher in seinem »Arbeitszimmer«, das eigentlich ein Fernsehraum ist, habe verschwinden sehen.

Als ich eintrete und ihm sage, dass ich mit ihm sprechen möchte, lehnt er sich provokativ in seinem zerfledderten schwarzen Schreibtischsessel aus Lederimitat zurück und verschränkt die Arme hinter dem Kopf. Vor sich hat er seine Flasche Bier abgestellt. »Ich vermute mal, du möchtest dich bei mir entschuldigen.«

»Nicht ganz«, sage ich mit mühsam unterdrückter Aufregung. Ich darf das hier nicht verpatzen, denn ich muss Gewissheit haben. Nur dann kann ich meine alten Monster loswerden.

Ich halte ihm mein Handy vors Gesicht und lasse das Video abspielen, das Anastasia für mich nach Brocken der Erzählung, die mir Sorin zugeworfen hat, zusammengestellt hat. Ich hoffe, dass die Erinnerung von Onkel Petru über die Jahre hinweg verblasst ist. Es ist zum Teil verschwommen, so wie das Video, das ich das erste Mal von meinem Vater sah, aber man hört, dass Onkel Petru meinen Vater an die Securitate-Männer verrät.

Onkel Petrus Arme gleiten nach unten, er stößt das Handy von sich weg. »Woher hast du das?«, keucht er. »Das gibt's doch nicht. Woher hast du das?«

Ich zucke mit den Schultern, um über die Schwachstelle in meinem Plan hinwegzutäuschen. »Ist doch egal. Stimmt es? Stimmt es, dass du deinen Bruder an die Securitate verraten hast?«

Onkel Petru vergräbt seine Hände in seinen Haaren und sieht mit einem Mal richtig alt aus. Er stößt einen langen Fluch auf Rumänisch aus, der so viel heißt wie: »Himmel, Arsch und Wolkenbruch.«

»Ioana, du musst das verstehen«, setzt er an.

Ich halte die Luft an. Der Moment, auf den ich mein Leben lang gewartet habe, ist gekommen. Jetzt weiß ich auf einmal nicht mehr, ob ich es wirklich wissen möchte. Ich merke, wie Tränen still und unspektakulär meine Wangen herunterrinnen, während ich auf die nächsten Worte von Onkel Petru warte.

»Er hat uns alle in Gefahr gebracht mit seinen Worten, Ioana. Er hat es geliebt zu reden, der Scheißkerl. ›In den Worten ist die Wahrheit‹, hat er immer zu mir gesagt. So ein Scheißdreck. In seinen Worten lag unser Verderben. Wir standen alle auf der Liste für das Arbeitslager. Ihr

Kinder wärt in eines dieser grauenvollen Waisenhäuser gekommen, hättest du das gewollt? ›Es ist nicht die Zeit der Worte, sondern die Zeit des konspirativen Schweigens‹, hab ich zu ihm gesagt. ›Halt endlich deinen Mund.‹ Das hat er einfach nicht verstanden. Ich musste es tun.«

Ich nicke weinend. »Weißt du, was sie mit ihm gemacht haben?«

Onkel Petru fällt noch mehr in sich zusammen und nickt. Jetzt laufen auch ihm Tränen die Wangen hinunter. »Mein Bruder«, schluchzt er, »es tut mir so leid.«

Ich drehe mich um und verlasse den Raum. Mehr muss ich nicht hören.

Ich gehe zu Ramesh, der mich vom anderen Ende des Raumes aus ansieht, zu mir kommt und in die Arme nimmt. Er küsst mich ganz lange und hält mich fest. Ich atme tief seinen Duft ein und fühle mich geborgen und erleichtert.

Hinter mir dreht ein Cousin den Fernseher auf. »Schaut mal. Es gibt eine Sondersendung der Nachrichten. Angeblich ist ein Video aufgetaucht, das unsere Regierung sprengen wird.« Alle rücken ihre Sessel zurecht und gruppieren sich um den riesigen Flachbildschirm, der die halbe Wohnzimmerwand einnimmt.

Ramesh und ich gehen auf den Flur hinaus. Tante Toni wirft mir eine besonders liebevolle Kusshand aus der Küche zu. Ich möchte lieber nicht wissen, ob sie Bescheid wusste.

47. DIE AUFFÜHRUNG

Ich spüre Rameshs Hand sanft in meinem Nacken liegen und gebe mich ganz dieser Berührung hin, während er sich neben mir mit Max über die Aufführung unterhält. Sobald er seine Hände auf meinen Körper legt, scheint bei mir ohnehin die Gehirn-Mund-Achse unterbrochen zu sein. Ich kann dann nicht mehr reden. Deswegen versuche ich es erst gar nicht.

Wir sind eine recht große Gruppe, die da in der sommerlichen Nacht vor dem Burgtheater auf Zladko wartet. Die Uraufführung von »Mutter Erde« hat wider Erwarten stattgefunden und wir haben von der neuen Regisseurin eine eigene Loge reserviert bekommen.

Neben mir stehen Evelyn und ihre Mutter Fatushe, daneben Chica und Anastasia, die zur Überraschung aller Rudi, unseren Nahkampftrainer, als Date mitgebracht hat. Ihm scheint es ähnlich zu gehen wie mir. Normalerweise ist er ein redseliger Typ. Aber sobald Anastasia in seiner Nähe ist, bekommt er glasige Augen und schweigt.

Millie ist gemeinsam mit Max gekommen und die beiden scheinen noch verliebter zu sein, als sie es ohnehin schon waren. Millie hat mir erzählt, dass sie mit Max über ihre Ängste geredet hat, und Max scheint die richtigen Antworten gefunden zu haben.

Ich merke, wie viel milder ich Max gegenüber eingestellt bin, seit Ramesh und ich uns angenähert haben.

Wir haben uns alle in Schale geworfen und kein Mensch käme auf die Idee, dass wir eine Gruppe Putzfrauen sind.

Ich habe Anfang dieser Woche das erste Mal seit Langem wieder meine Nähmaschine angeworfen und das Teil, das ich heute anhabe, selbst genäht. Es ist ein kleines Schwarzes geworden mit sensationellem Rückenausschnitt. Gerade spüre ich, wie Rameshs Hand neugierig dessen Tiefe erforscht.

Die Zeit nach Sorins Verschwinden war für uns in der Agentur mit intensiver Arbeit verbunden. Wir hatten einige Videos aufzuarbeiten und waren erschüttert über das Ausmaß der Manipulationsmöglichkeiten der TEA, aber auch anderer Gruppierungen. Es ist uns bewusst, dass unser Eingreifen lediglich eine vorrübergehende Rettungsmaßnahme war. Denn passende Videos sind überall da draußen im Netz und warten nur darauf, verfälscht zu werden. Offenbar haben wir »The Executive Alliance« dabei unterbrochen, eine riesige Datenbank an Material über Personen der Öffentlichkeit anzulegen, mit der man jeden oder jede im Anlassfall kompromittieren könnte. Die Rehabilitation ist, wie wir wissen, kaum erfolgreich, selbst wenn herauskommt, dass das betreffende Video gefälscht ist. Der Zweifel an der Integrität ist gesät und bleibt.

Der Titel des Theaterstücks wurde übrigens von der Regisseurin verändert, als ich ihr von Oscars Erinnerungen an seinen Vater erzählte. Ich muss lächeln, weil Oscar durch seine Aufdeckung der Drehbuchfälschung maßgeblich dazu beigetragen hat, dass wir den Grundbuchskandal verhindern konnten. Und er hat dadurch viele kleine Landwirte vor dem Verlust ihres Bodens gerettet. Er hätte nichts Besseres tun können, um seinen Vater stolz zu machen.

Gerade kommt Zladko mit einem breiten Grinsen über den Platz auf uns zu. Er läuft zuerst zu Millie und wirbelt sie in der Luft herum. Sein Stolz quillt ihm förmlich aus allen Poren und ich freue mich für ihn. Er hatte sogar eine kleine Textpassage und ich muss sagen, dass er sie wirklich gut gemeistert hat. Vielleicht schafft er ja doch noch seinen künstlerischen Durchbruch.

»Hast du noch Lust, schwimmen zu gehen?«, flüstert mir Ramesh ins Ohr. »Ich hätte eine super Badehose.«

Ich lache und flüstere zurück: »Super Idee. Wir könnten meine Mama und meine Tanten fragen, ob sie mitkommen möchten. Die würden die Badehose auch gerne sehen.«

Jetzt lacht Ramesh. »Na gut, vielleicht gehen wir doch besser zu mir.«

Ich nicke.

DANKSAGUNG

An allererster Stelle danke ich meinem wunderbaren Mann Manfred. Für seine liebevolle Geduld, wenn mal wieder ein Wochenende flachfällt, weil ich im Schreibtunnel verschwinde; sein kontinuierliches Schulterklopfen, wenn ich mich in Selbstzweifeln winde; und für alles andere … Danke.

Danke meiner Freundin Karoline Gans, die so sorgfältig Probe liest, mich mit ihren schlauen Kommentaren zum Lachen bringt und mir manchmal mein Geschriebenes in neuem Licht erscheinen lässt. Und ihrem Hinweis, dass ich die Clowns in dem Buch gefälligst intelligent wirken lassen soll, weil die Berufsehre auf dem Spiel steht. Danke auch meinem Freund Rainer Obkircher für das Lesen, Zusprechen, Beistehen, Teilen und Feiern. Danke an meine allerliebste Familie, meine Schwester Veronika, die mich mit ihren fundamentalen Recherche-Kenntnissen unterstützt, meine Tante Ilse, die mich immer schon fragt, wann endlich das nächste Buch fertig ist, an meine Mama fürs Lesen und begeistert sein und an meinen Papa, der leider noch drauf warten muss, zu der Oscar-Verleihung anzureisen.

Danke an meine Lektorin Susanne Tachlinski für ihren Zuspruch und ihre Geduld bei diversen Deadlines und dass die Übernahme des Lektorats so reibungslos geklappt hat. Danke an Alexander Schulz für seine freundliche Unterstützung. Und dem ganzen wirklich famosen Gmeiner-Verlag, der sich so großartig einsetzt, um meine Bücher unter die Leser*innen zu bringen. Ich danke ihnen allen sehr, bekannt oder unbekannt.

Danke auch allen Leser*innen, die mir so nette Feedbacks zu meinem ersten Buch geschrieben haben. Ich hoffe, der zweite Band unterhält euch ebenso gut. Viel Spaß beim Lesen.

Die Fälle der »Putzfrauen Spy Agency«:

1. Fall: Die Saubermacherin
ISBN 978-3-8392-2707-7

2. Fall: Die Saubermacherin – wischen impossible
ISBN 978-3-8392-0346-0

GMEINER SPANNUNG

WWW.GMEINER-VERLAG.DE
Wir machen's spannend

DIE NEUEN Lieblings-plätze

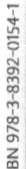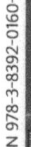